N&K

*André Krellmann*

# Sperrgebiet

Roman

Nagel & Kimche

*Für Eliza und Peter*


Umschlag von Urs Stuber unter Verwendung eines Gemäldes
von Volker Stelzmann

ISBN 3-312-00185-4

*I.*

*New York, 27. Februar*

Hinter den Fenstern ist draußen. Ein neblig-trüber Tag. Ich lasse die andern reden und bin in einer Stadt am Rhein, wo ich ein Kind war. Hinter Lörrick, bei Kilometer 750, macht der Fluß eine lange Rechtskurve nach Osten. Da quälen sich gegen die wirbelige Strömung die flachen Schleppkähne schwerbeladen zu den Industrierevieren weiter oben am Fluß. Ihnen entgegen fliegt das leichtere Tuckern der Frachter mit hochragendem Bug, zum Meer unterwegs, um neue Ware zu laden. Weiter hinten, noch bevor sie in der Kurve hinter dem Landrücken verschwinden, werden sie vom Dunst des langsam sich eindunkelnden Nachmittags verschluckt.
Der Nebel hängt aber nicht über dem Rhein, sondern über dem Hudson. Es ist eiskalt. Die tiefen Straßenschluchten. Die Trostlosigkeit und Ödnis dieser Stadt widern mich an. Alles ist grau, auch in mir.

Ich muß mich zwingen, meinen Geschäften nachzugehen, dabei ist so viel zu tun, ein Termin jagt den andern.
Ich sitze in zahllosen, immer gleichen Verhandlungszimmern den immer gleichen Geschäftsleuten gegenüber, die mich – den Deutschen – für so furchtbar gewieft halten, daß sie gar nicht ahnen, wie leicht sie mich jetzt um den Finger wickeln könnten. Ich reiße krampfhaft die Augen auf, nehme alle Sinne zusammen, um ihnen bei ihren Ausführungen folgen zu können, den Zahlenkolonnen, den Jahresbilanzen und Umsatzprognosen...
Man beugt sich über mich: Mr. Bruno, was ist los, geht es Ihnen nicht gut?
Was ist passiert. Ich muß ohnmächtig geworden sein. Es geht schon wieder, I'm sorry, the jetlag probably, I'm o.k. Ein Krankheitsaufenthalt im Ausland, das hat mir noch gefehlt. Ich sehe zu, daß ich auf die Straße komme, ins Hotel, ins Bett; ich brauche nur Ruhe. Die Anstrengung der letzten Tage war wohl etwas zuviel.

Soviel Platz hat Europa für seine Flüsse nicht. Träge wälzt sich die Dreckbrühe dem Atlantik zu. Aber Abhänge. Rechts und links des Ufers aufgeschüttet, waghalsig steile Abfahrten für unsere Kinderschlitten; Abenteuer des Geschwindigkeitsrausches, für ein paar Sekunden zwischen Himmel und Wasser.

Ich habe zwölf Stunden geschlafen und fühle mich besser. Am Morgen hat mich Vera besucht.

Sie ruft von unten an, sagt, sie ist da, ob wir uns sehen können. Sie soll das Chaos im Zimmer nicht sehen: Ich komme runter, warte in der Halle auf mich.

Ich ziehe mich an, die Hosen von gestern, ein frisches Hemd mit einem Pullover – für heute sind keine Termine vorgesehen, ich lasse das Jackett im Schrank hängen.

Vera erwartet mich; sie sieht phantastisch aus, sie wirkt jünger, jugendlicher, seit sie aufgehört hat, sich mondän zu kleiden. Carlos sucht jetzt ihre Garderobe aus.

Ich habe uns Kaffee bestellt, sagt sie und lächelt charmant und ein wenig hilflos; das kann sie am besten, sie weiß es. Wir tau-

schen die üblichen Floskeln aus: Wie geht es, was machst du, wie fühlst du dich und so weiter.
Seit ich hinuntergekommen bin, hämmert es mir im Kopf: Du mußt sie fragen. Jetzt oder nie mußt du ihr Gewissen für dich nutzen.
Wie fängt man so eine Frage an, auf die wir beide warten, die der Grund unseres Gesprächs ist. Soll ich ernst bleiben oder Mitleid erregen oder mit einem Lächeln beiläufig die wenigen Worte sprechen. Aber was nützt es, mit verdeckten Karten zu spielen. Jede Faser kennen wir aneinander, so lange haben wir zusammengelebt. Keiner von uns hat einen Trumpf im Ärmel, den der andere nicht bemerken würde. Also frage ich.
Nein, Hans. Ich komme nicht zurück, es geht nicht mehr. Ich bin so weit vorangeschritten, ich kann nicht mehr umkehren.
Ich sehe nicht hin, ich reiße mir die Gefühle aus dem Gesicht.
Sieh, Hans, du kannst nichts dafür, es war ein Zufall. Am Anfang war es nur ein Zufall, daß ich Carlos begleitet habe, und jetzt – alles ist anders geworden. Ich fange noch

mal von vorne an, ich lebe in einem anderen Teil der Welt und kann nicht zurück, es wäre das Ende.
Ich muß etwas sagen, ich darf jetzt nicht sprachlos danebensitzen: Ich hätte nie gedacht, daß mein bester Freund einmal mit meiner Frau durchbrennen würde..., sage ich; es soll etwas resigniert klingen.
Du weißt, daß es ihm genauso weh tut wie uns beiden.
Ja, das weiß ich vielleicht, aber es hilft mir nicht, denke ich und sage: Wahrscheinlich ist es spannender, mit einem Künstler zu leben statt mit so einem Bürohocker wie mir.
Sie sieht unglücklich aus; sie mag solche Gespräche nicht, sie möchte Frieden mit mir, damit sie mich in München besuchen kann oder ich sie in New York.
Du bist ungerecht, dir gegenüber. Carlos hat seine Arbeitszeiten genau wie du, in denen ich ihn nicht stören darf; er macht seine Geschäftsreisen und führt ein Unternehmen; er handelt mit seinen Designermöbeln, das ist der einzige Unterschied.
Ich stichle nicht weiter. Warum soll ich Vera traurig machen? Sie ist mir schon jetzt so fern, unbekannt und unberührbar – un-

vorstellbar, daß ich sie jemals mehr als flüchtig geküßt habe, daß wir viele tausend Nächte im selben Bett verbracht haben, daß wir einander berührten mit solcher Selbstverständlichkeit.
Ich lasse ihr das neue Glück, ich schenke ihr meine Zustimmung. Es ist gleichgültig, ob ich ja oder nein sage, aber Vera macht es ein wenig glücklicher und mich nicht trauriger.

*2. März*

Gestern war es am schlimmsten. Nur ein paar kurze Besprechungen, die mir die Zeit nicht wirklich vertrieben haben. Ich hätte das nicht gedacht. Es war vorauszusehen, daß sie nein sagen würde. Es war sogar wahrscheinlich. Ich hatte mich längst an einen Zustand gewöhnt, von dem ich annehmen mußte, daß er sich nicht mehr rückgängig machen ließe.
Trotzdem: etwas ist endgültig geworden, auf das ich mich von neuem einstellen muß. Langsam ein paar vergessene Freiheiten wieder einführen. Den Frauen nicht länger nur auf die Beine sehen. In die Gesichter, um sie zu erkennen und in Gedanken aus-

zuprobieren, ob sie passend sind für mich. Von neuem auf die Suche gehen.

Ich sitze im Flugzeug und fliege nach Hause zurück. Dorthin, wo ich das Loch, das von nun an in meinem Lebenslauf klafft, am deutlichsten bemerken werde: an ihren Kleidern im Schrank, die sie nicht mehr tragen will, die ich nach und nach der Altkleidersammlung mitgeben werde; an ihrem Schmuck, den sie einmal mitnehmen wird, wenn sie in München ist; an den vielen Dingen im Haushalt, die für sie da waren und die nun nicht mehr gebraucht werden. Sollte ich das Haus abschließen und mir ein Apartment in der Innenstadt suchen? Das regelt die Zeit.
Carlos sagt, daß man in den zehn Stunden zwischen New York und Frankfurt um drei Wochen älter wird. Er meint, daß es unnatürlich ist, zwischen den Kontinenten hin und her zu jetten; daß es überhaupt falsch ist, sich schneller als mit der Geschwindigkeit eines galoppierenden Pferds fortzubewegen. Aber er hält sich auch nicht an seine Theorien, fährt schnelle Autos und fliegt rund um die Welt hinter seinen Terminen her. Hat er dennoch recht? Gerade jetzt

spüre ich die Bleigewichte in meinen Beinen, fühle mich in Momenten altern.
Der Rausch der Geschwindigkeit, wenn dem Schlitten, an den ich mich festkrallte, die schräggestellte Welt entgegenglitt, gerade lange genug, daß Zeit für ein lustvolles Aufschreien blieb, bis die Perspektive mit einem Stoß ins Lot zurückgestaucht wurde.
Die Maschine ist in Turbulenzen geraten. Die Seitenwände der Kabine entgleiten meinen Augen, schlagen über mir zusammen. Mir ist nicht wohl, ich spüre ein Reißen in den Gliedern, mein Körper brennt. Die Stewardeß kommt auf mich zu und sieht mich an, ich sehe zurück, sehe zurück, sie ist ein junges, hübsches Geschöpf, professionell erkennt sie meine Lage und muß erst die anderen Fluggäste beruhigen, beruhigen, ich bin so alt, Falten im Gesicht, die Hosen schlottern mir um die dürren Beine, mein ganzer Körper entfernt sich von der Kleidung, die ihn umgibt, das macht mich unglücklich. Ich fühle mich so schwach, hilflos meinem Leben ausgesetzt...

*München, 5. März*

Ich habe meinen Flug in einem Frankfurter Krankenhaus beendet. Dort bin ich gestern aufgewacht. Es ging mir besser, nachdem ich so lange geschlafen hatte. Die Geschehnisse in New York lagen weit zurück, kümmerten mich kaum noch.
Der Arzt hätte mich gerne dabehalten. Wäre ich ihm ein lukrativer Patient geworden?
Er wolle mich beobachten!
Was gibt es an mir zu beobachten; ich bin überarbeitet. Seit Monaten kein freies Wochenende, dazu meine private Situation!
Heute flog ich nach München zurück. Föhnwetter empfing mich am Flughafen, und Wärme. In Frankfurt hatte es geregnet. Ein seltsames Gefühl: lauter Menschen auf einmal, die meine Sprache sprechen, mit denen ich reden kann, ohne nachdenken zu müssen. Der Taxifahrer freute sich über die schöne Fahrt nach Grünwald und sagte etwas auf bayerisch, das ich nicht verstand, aber als anheimelnd zur Kenntnis nahm.
Warum empfand ich heute das Heimkommen so besonders? Es ist immer schön, hier-

her zurückzukehren, ich lebe gern in München; ansonsten gefällt es mir überall, egal ob es Paris, San Francisco oder Hongkong ist. Aber heute: das typische Wetter, die Taxifahrt mit den Verkehrsstaus an den üblichen Stellen. Das ist im Augenblick alles, was ich noch habe, alles, was von Vera und mir übrig ist; der Ort, an dem wir zusammen gelebt haben.

*11. März*

Die ganze letzte Woche über habe ich mäßig gearbeitet und hatte trotzdem am Freitag erneut einen Schwächeanfall. Ein Bekannter hat mir einen Termin in Großhadern besorgt. Er kennt dort einen Professor, dem er meinen Fall geschildert hat. In den nächsten Tagen soll ich zur Untersuchung vorbeikommen.
Werde ich mit Dringlichkeit behandelt? Normalerweise wartet man wochenlang auf einen Termin.

*16. März*

Man hat mich also zwei Tage lang untersucht und durchleuchtet. Dann saß ich einem ernstblickenden Weißkittel gegenüber, der sich mir als Professor Seifert vorstellte. Die Frage nach den Angehörigen ließ mich aufhorchen: Ist es etwas Ernstes?

Der Arzt erklärte sich etwas umständlich, als wolle er sich hinter seinen medizinischen Wörtern verschanzen. Er hat es gelernt, solche Gespräche zu führen, dachte ich und sah die Szene vor mir, als sei ich selbst ein zweites Mal als Zuschauer im Raum anwesend. Mir fuhr kein Schreck in die Glieder, kein flaues Gefühl breitete sich im Magen aus. Meine Lebenszeit ist auf einen Rest zusammengeschrumpft, der sich in Wochen, bestenfalls in Monaten zählen läßt.

In meinem Körper hat sich eine Krankheit eingerichtet, von der die medizinische Forschung gerade genug weiß, um ihr einen Namen zu geben. Ein heimtückischer Erreger – vielleicht ein Virus oder genetischer Defekt, vielleicht ein äußerliches Einwirken – führt zu einem kaum fixierbaren

Krankheitsbild. Am ganzen Körper können plötzlich Schmerzen auftreten, eine allgemeine Schwäche ergreift den Organismus, die, zuerst in Wellen, bald sich gleichmäßig verstärkend, den Patienten immer hilfloser macht und schließlich zu seinem Tod führt.
Die Ärzte sind ratlos. Man versucht, die Schmerzen zu lindern, ohne damit den Krankheitsverlauf aufhalten zu können. Zwei bis sechs Monate Lebenserwartung.

Ich weiß nicht, was ich machen soll. Soll ich weiterleben wie bisher; soll ich meine Hinterlassenschaft regeln, mich auf das Sterben vorbereiten; oder soll ich die wenigen Wochen und Monate genießen, so gut ich nur kann. Ich weiß es nicht.
Es scheint, als habe sich mein körperlicher Zustand meiner seelischen Lage angepaßt. Das Ende unserer Ehe. Veras Schlußstrich schmerzt immer noch mehr als alles andere. Wenn ich abends in das leere Haus komme...
Es ist zu Ende, ich könnte nicht von vorne beginnen.

*18. März*

Alles regelt sich von selbst. Heute morgen bin ich aufgestanden und ins Büro gefahren, um eine Menge dringender Arbeit zu erledigen. Ich telefonierte, schrieb, rannte ins Archiv, besprach verschiedenes mit Linda und – mit einem Mal hielt ich inne. Ich erinnerte mich.
Dann klingelte das Telefon, und der Betrieb lief weiter bis zum Abend.
Ein paar Aufträge will ich noch abschließen. Mittelgroße Arbeiten für einige Stammkunden, dann lasse ich es langsam weniger werden.

*19. März*

Vera ruft an. Sie kommt in einer Woche nach Berlin. Sie muß einige Kunden für Carlos besuchen. Ich fliege. Ich will sie sehen, wenigstens soll sie merken, daß ich an ihr hänge. Ich werde ihr nichts erzählen.

*21. März*

Plötzlich überkommt mich Verzweiflung. Besonders abends, wenn es ruhiger wird, beginne ich mir Gedanken über das Sterben zu machen. Ich rufe Professor Seifert an; er hat sofort Zeit für mich, will mich gleich am nächsten Morgen bei sich sehen.

*22. März*

Gibt es überhaupt keine Möglichkeit, frage ich. Haben Sie nichts, was Sie an mir ausprobieren könnten? Ich stelle mich für jeden Versuch zur Verfügung.
Der Professor ist offen: Wir haben keine verwertbaren Ergebnisse. Wir können die Organe auswechseln, die erfahrungsgemäß als erste versagen. Aber die Schwächung der Patienten durch die vielen Eingriffe ist ein zu großes Risiko. Der menschliche Körper ist eine Einheit, wir können nicht beliebig viele Teile durch andere ersetzen. Ich gebe niemanden auf...
Er sieht mich an; es quält ihn, daß ich ihn diese Dinge sagen lasse. Er weiß aus seiner Erfahrung, daß dies die kritische Phase des

Kranken ist, wo er ein letztes Entkommen sucht, sich noch nicht aufgeben kann.
Aber meine Angst ist schon wieder vorbei. Auf dem Weg durch die langen Flure des Krankenhauses zu seinem Zimmer war mir klar: Ich tue mir das nicht an, ich erspare mir den Irrweg durch Operationssäle und Intensivstationen mit Dutzenden von kritischen Situationen, erneuten Eingriffen und besorgten Freunden an meinem Bett, nur um am Ende doch aufgegeben und zum Sterben nach Hause geschickt zu werden.
Ich werde bis zum Ende zu leben versuchen, so gut es geht. Vielleicht werde ich hin und wieder die Schönheiten ein wenig genauer betrachten. Und ich werde die Schrecken der Welt nicht mehr so ernst nehmen.

*24. März*

Natürlich funktioniert das nicht. Meine Erde beschäftigt mich trotzdem. Ich lese zum Beispiel einen Bericht über die Reaktorkatastrophe von C., die fast fünf Jahre zurückliegt. Der Autor des Berichts schil-

dert die Langzeitfolgen dieses «GAUs» und formuliert Prognosen für künftige Unfälle. Mir ist nicht wohl dabei, den Untergang des von mir bewohnten Planeten Erde vorhergesagt zu bekommen, obwohl selbst bei normaler Lebenserwartung nur meine sterblichen Überreste ins Weltall geschleudert würden. Keiner der heute lebenden Menschen wird den Weltuntergang mitkriegen, und jeder, der darüber hinaussieht, ist also ein Schwarzmaler.
Fünf Jahre soll das Unglück von C. zurückliegen. Wenn man behauptete, es seien erst drei, ich würde es auch glauben. Fünf kurze Jahre. Hätte mir damals ein Arzt den Zeitpunkt meines Sterbens vorausgesagt, wie hätte ich dann den Rest Leben eingeteilt?
Die Zeit rast. Fünf Jahre, in denen kaum etwas Wesentliches geschehen ist, sind plötzlich vorbei. Ich bin reich und erfolgreich geworden, konnte mir ein großes Haus in einem Nobelvorort leisten mit Luxusautos auf der Auffahrt, die immer bar bezahlt waren. Was bleibt nach meinem Tod davon übrig: ein umfangreicher Geld- und Immobilientransfer an meine Erben, vielleicht der Name meiner Firma. Weiter nichts. Was ich in meinem Beruf geleistet

habe, war gut und wichtig für das tägliche Geschäft. Ein anderer wird in Zukunft meine Arbeit übernehmen, eine Lücke bleibt nicht nach.

*25. März*

Vielleicht will Vera doch mehr, als nur ein paar Geschäfte für ihren Carlos zu besorgen.
Nein, ich will sie nicht mehr hierhaben. Es würde eine Situation verschlimmern, mit der ich mich gerade arrangiert habe.
Linda hat für mich gebucht. Das Flugticket liegt auf meinem Schreibtisch bereit. Ich werde versuchen, Vera ohne Erwartungen gegenüberzutreten. Dann könnten es ein paar schöne Tage werden.

*Berlin, 26. März*

Ich gewöhne mich nicht an das neue Berlin. Immer noch spüre ich der Insellage nach, die dieser Stadt ihren besonderen Reiz gab.
Ich habe in Veras Hotel ein Zimmer be-

kommen. Es ist zu groß und zu teuer, aber es war das einzige, das zur Verfügung stand. Sie ist noch nicht angekommen. Ich rufe am Flughafen an, erkundige mich nach den Anschlüssen an die USA-Maschinen von Frankfurt aus.
Heute nichts mehr!
Das Hotel hat sie aber gebucht. Ich richte mich im Zimmer ein und unternehme einen Spaziergang durch die angrenzenden Straßen. Zum ersten Mal bin ich als Tourist in Berlin. Meine Urlaube waren bisher der Erholung gewidmet: Karibik, Ägäis oder Sylt. War das für Vera zu anspruchslos?
Jetzt suche ich doch eine Schuld bei mir. Ich merke, wie nervös ich bin. Wenn Vera jetzt doch...
Unsinn, ermahne ich mich, aber das flaue Gefühl bleibt.

*27. März*

Vera ist spät am Abend, als ich schon schlief, mit dem Zug aus Warschau eingetroffen.
Daß du freiwillig so früh ins Bett gehst, spöttelt sie.

Ich beherrsche mich, erkläre nichts. Wir frühstücken zusammen um zehn, hatte sie mir durch die Rezeption ausrichten lassen.
Sie erzählt von den zwei Tagen in Warschau: Wenn man die Armut, die bröckelnden Fassaden, das triste Grau der Städte sieht, glaubt man nicht, was wir mit unseren Exklusivmöbeln dort umsetzen.
Wir – sagt sie.
Sieh dich mal in New York um, rate ich ihr, da sieht das Stadtbild zu drei Vierteln nicht anders aus.
Aber...
Nichts aber! In Polen sind alle arm, fast alle, auch der Staat. Und wie ist das drüben, bei *euch!*
Sie hat begriffen. Ab jetzt spricht sie wieder von sich.
Was wollen wir heute machen, beende ich unser Geplänkel voller Unternehmungslust.
Vera staunt: Hast du denn keine Termine?
Keine. Ich bin nur deinetwegen hier, lache ich, aber du hast Verabredungen.
Ja, weißt du...
Sie sieht mich an. Das ist ihr wieder pein-

lich. Ach Vera, ich kenne dich so gut,du bist so... ich habe dich... ich bin so gewöhnt an dich, du fehlst mir so.
Das sage ich nicht.

*28. März*

Sie hat auch nichts vor. Kein Date, keinen Geschäftstermin. Sie wollte mich sehen, sich noch einmal mit mir aussprechen, bevor sie mit Carlos für sechs Monate nach Buenos Aires geht.
Gestern mieteten wir uns einen Wagen und fuhren kreuz und quer durch die Stadt. Zum Wannsee, nach Plötzensee und am Reichstag vorbei nach «drüben». Ich sah den Pergamon-Altar, von Schliemann ausgegraben und quer durch Europa in die alte Reichshauptstadt gebracht. Was für eine Leistung, welch grandioser Quatsch, dachte ich.
Wir besichtigten ein Stück Mauer, das man für die Nachwelt stehengelassen hat. An einem benachbarten Haus hängen Protestplakate unter den Fenstern: Man will das Ding nicht mehr vor Augen haben – auch nicht als historische Reliquie. Die Anrainer,

eben wiedervereinigt, streiten sich lauthals vor Presse und Fernsehen über Für und Wider.
Zu diesem Museumsstück sind also vierzig Jahre Leiden an der Trennung zusammengeronnen. Ich begreife das nicht. Warum vergessen Menschen so schnell und gründlich. Sie lernen ihre Pflichtformeln und Beileidsslogans auswendig und lassen sie ewig abrufbar auf einer Moebiusschleife durchs Gedächtnis trudeln. So verkommt Mitleid zu Geschwätz.

Wir verbrachten einen schönen Tag und verstanden uns prächtig. Wir wußten genausoviel miteinander anzufangen wie zwei Geschäftsreisende, die einen freien Tag lang auf Gedeih und Verderb miteinander auskommen müssen.
Erst am Abend wurde unser Gespräch persönlich und vertraut. Vera, wir sind immer noch verheiratet, sagte ich ihr. Ich richte mich nach deinen Plänen, aber du mußt sie mir schon verraten.
Heute ist unser Miteinander viel ungezwungener. Wir gehen im Grunewald spazieren, füttern Enten und Schwäne an der Havel oder sitzen auf einer Bank. Das Wet-

ter ist ungewöhnlich schön für die Jahreszeit. Mittags essen wir in einer kleinen Waldwirtschaft und liegen hinterher faul in der Sonne. Brauchten wir einen ganzen Tag, um einander wieder zu vertrauen. Einige Stunden, das hätte ich hingenommen, aber ein ganzer Tag! So sehr hat sich keiner von uns in der Zeit der Trennung verändert, so weit haben wir uns dennoch entfernt: von uns, wie wir früher waren, von unserer Gemeinsamkeit, unserer Ehe.
Was haben wir falsch gemacht, Vera.
Sie ist nicht erstaunt über meine Frage; deswegen haben wir uns schließlich in Berlin getroffen.
Ich weiß es nicht, Hans... Es war immer alles in Ordnung mit uns. Für unsere Freunde... nein, auch für uns haben wir eine Musterehe geführt. Wir hatten die passenden Worte für jede Situation, wir hatten nie einen richtigen Streit, niemals hat es wirklich gekracht, daß die Fetzen flogen und einer am Ende wütend aus dem Haus gerannt ist. Wir haben immer einen Mittelweg gefunden. Aber es hat auch nicht mehr richtig gefunkt. Deine und meine Zärtlichkeit, unsere Liebe war so zur Gewohnheit geworden, daß ich in meinen Gefühlen zusätzlich Platz hatte für

etwas Neues. Und zufällig war Carlos da; sonst wäre es ein anderer gewesen.

*29. März*

So ist es wohl. Zumindest können wir beide mit dieser Wahrheit am besten leben. Wir haben uns alles gesagt, alle Mißverständnisse ausgeräumt. Heute hatten wir einen wunderbaren Abschiedstag. Wir werden Freunde bleiben, dem anderen Besuche abstatten, wenn wir in seiner Nähe sind.
Am Nachmittag habe ich Vera nach Tegel gebracht, am Abend geht in Frankfurt ihre Maschine nach New York. Auf dem Flughafen verabschiedeten wir uns so herzlich und in gutem Einvernehmen, daß ich vergaß...
Als ich auf der Aussichtsplattform stand und zusah, wie ihr Flugzeug auf die Startbahn zurollte, erinnerte ich mich, daß ich Vera nie wiedersehen würde. Eine angenehm depressive Stimmung ergriff von mir Besitz; ich wanderte durch die Straßen und sah zu den Bäumen hinauf, in das dichte, saftige Frühlingsgrün.
Als was für ein Held wirst du ihnen erschei-

nen, wenn sie nach dem Ende von deinem Leiden erfahren, dachte ich. Doch die Selbstironie wollte mir nicht so überzeugend gelingen.
Einmal, in der Mittagszeit, hatte ich nicht schlafen können, und meine Hände hatten mit einer Kugel gespielt, die im Bett liegengeblieben war. Zu groß, als daß die Finger sie wirklich hätten greifen können, rollte sie bald von der Bettdecke, schlug auf dem Boden auf und trudelte noch ein Stück weiter, ehe sie zur Ruhe kam. Durch die Stäbe meines Gitterbetts hindurch blickte ich ihr nach und entdeckte, daß nach der letzten Umdrehung ein Gesicht auf der Kugeloberfläche zum Vorschein kam: zwei Augen, deren leerer, aber seltsam stechender Blick mich beunruhigt, ein schmaler, verkniffener Mund. Eine bösartige Fratze. Da hatte ich das Sehen gelernt.

# *II.*

*12. April*

Zwei Wochen sind keine lange Zeit. Wenn es sich ergibt, kann dennoch eine Menge passieren. Ich habe gegen die wichtigste Regel meines Arbeitsalltags verstoßen und ein Verhältnis mit meiner Sekretärin angefangen.
Was zwischen uns als Affaire für eine Nacht begann, ist zu einem Spiel aus Leistung und Gegenleistung geworden. Linda ist jung und schön, sie ist wild auf den Luxus, den ich ihr biete. Sie sagt: Gehen wir heute abend zum Essen? In ein schönes, teures Restaurant oder ins Vier Jahreszeiten! Ich bekomme selbst wieder Spaß am Geldausgeben. Ihr Körper ist unglaublich kraftvoll und voller Vitalität.
Wir lieben uns nicht. Wir sind in das verliebt, was wir vom andern kriegen können. Sie spielt mir das großäugig staunende Mädchen vor, das verführt werden will, und sie schwärmt von den Geldscheinen in

meiner Brieftasche, die sie für sich ausgegeben zu sehen wünscht.
Für eine Weile werden wir uns gut miteinander zu beschäftigen wissen.

*17. April*

Ohne Anlaß entschlossen wir uns, ein paar Tage aufs Land zu fahren. Ein wichtiger Termin ist dabei geplatzt. So etwas leiste ich mir jetzt. Warum soll ich noch länger in meinen Ruf investieren.
Ich überlege mir, was geschähe, wenn mit einem Male ein Fehler in der Computerdatei der Klinik aufgedeckt würde und ein anderer meine Krankheit bekäme. Würde ich wieder in den alten Trott verfallen, so weitermachen wie bisher? Oder würde ich endlich ein Leben führen, das aus mehr als Arbeit besteht.
Der Kurzurlaub war wunderbar. Linda hat meine Kräfte bis aufs äußerste beansprucht. Ich fühle mich trotzdem frisch.
Einen Tag lagen wir auf einer Waldlichtung, die wir weit abseits der Wege entdeckt hatten. Wir hatten es uns auf dem weichen, flaumigen Gras des Waldbodens, der von

der Sonne aufgewärmt war, bequem gemacht. Mit der Zeit begann ich, Linda Stück für Stück auszuziehen. Aber sie wollte nicht.
Es können Leute kommen, Pilzsammler, man kann nie sicher sein.
Ich lachte: Im April gibt es noch keine Pilze. – Aber sie hatte recht. Ich war mir auch nicht sicher, das reizte mich ja gerade.
Wo in Europa kann man noch so in einem Wald liegen oder auf einer Wiese, ohne die Furcht, von irgend jemandem überrascht zu werden, überlegte ich laut. Wo muß man hingehen, wenn man allein sein will?
Nirgendwo, darum wandern doch alle in die Südsee aus, antwortete sie leichthin.
Später wußte sie doch einen Ort: diese evakuierte Zone in Rußland.
Ich sah sie verständnislos an.
Na ja, du weißt schon, dieses Gebiet rund um den Reaktor von C., der damals explodiert ist. Da ist alles verstrahlt, sie haben die Menschen weggeschafft, niemand darf mehr dorthin. Da ist man allein. Wirklich allein und verlassen.
Linda griff sich ihren Pullover und zog ihn mit einem Ruck über den Kopf.
Die Sowjets haben damals versucht, es als

einen Industrieunfall mit einunddreißig Toten hinzustellen. Dabei war's eine richtige Katastrophe. Der Landstrich rund um den Reaktor ist völlig verseucht: die Erde, das Wasser, die Tiere, die es dort noch gibt. In Osteuropa liegen heute Tausende von Menschen mit Leukämie in den Kliniken. Die tauchen in keiner Statistik des Unglücks auf…

Ich lerne Linda von einer neuen Seite kennen, engagiert, zornig. Langsam fange ich an, sie zu schätzen.

Ich blättere in meinen Aufzeichnungen zurück. Heute ist der Siebzehnte. Ich habe den ersten Monat überlebt, ja, es geht mir sogar besser als zu Beginn. Ich begreife mit der Zeit, wie einfach es ist zu leben. Die Tage bewußt verstreichen zu lassen. Freude zu haben an der Bewegung *und* an der wohligen Ermüdung. Die Zeit, die der Körper für Ruhe und Erholung braucht, nicht als störend zu empfinden, sondern als eine angenehme Unterbrechung hinzunehmen und zu genießen.

*19. April*

Wir trafen uns abends in einem Restaurant auf der Leopoldstraße. Mir fiel auf, wie sehr sich Linda in der kurzen Zeit unserer Beziehung verändert hat: Sie spielt nicht mehr. Sie hat das Oberflächlich-Übermütige abgelegt. Sie machte mir ein Liebesgeständnis. Wie es soweit gekommen sei, wisse sie auch nicht. Es sei eben so, ich sollte davon erfahren.

Zum ersten Mal verbrachten wir eine Nacht bei ihr. Zuerst wollte sie nicht.

Meine armselige Wohnung, ach nein, laß uns zu dir fahren.

Dann brauchen wir morgen früh eine Dreiviertelstunde ins Büro. Von dir aus sind es zehn Minuten zu Fuß.

Damit überzeugte ich sie.

Außerdem bin ich neugierig. Ich will wissen, wie du lebst.

Sie sah mich skeptisch an. An ihrer Wohnungstür wußte ich, warum. Ein gelbes Sonnengesicht: Atomkraft, nein danke.

Na also, kommentierte sie meinen Blick.

In ihrer Wohnung herrschte peinliche Ordnung. Reihen von Aktenordnern auf Naturholzregalen. Ich war überrascht.

Das ist alles über C., was ich kriegen konnte. Zeitungsausschnitte, Videobänder mit Fernsehberichten, Bücher und Dokumentationen, medizinische Abhandlungen und so weiter... Sie stand vor mir; ihre Augen sagten: So, jetzt weißt du Bescheid, du wolltest ja unbedingt herkommen.
Ich sagte nichts, nahm einen der Ordner aus dem Regal.

*25. April*

Morgen ist der fünfte Jahrestag der Katastrophe von C. Die Zeitungen sind voll mit Berichten und Kommentaren.
Seit Tagen sitze ich da und hole meine Lektionen nach. Lese in den Akten, die Linda angelegt hat, sehe mir die aufgezeichneten Fernsehreportagen an. Immer wieder: die Bilder von Kindern mit entstellten Köpfen oder verkümmerten Gliedmaßen; Tiere, deren Erbgut sich in kurzer Zeit abartig verändert hat. Bilder aus der Zone, einem Sperrgebiet von sechzig Kilometern im Durchmesser, dessen Mittelpunkt der Reaktor ist.
Mittlerweile bin ich fast auf dem Wissens-

stand, den Linda in fünf Jahren erworben hat. Ich kenne die Einzelheiten der Havarie, weiß von der Internationalen Kommission für Reaktorsicherheit, die fast nichts bewirken kann, weil sie kaum Kompetenzen besitzt, und ich weiß, wie viele Atomkraftwerke des Typs von C. immer noch in Betrieb sind mit der beständigen Möglichkeit eines erneuten Unfalls.
Zum ersten Mal habe ich mir überlegt, ob ich vielleicht selbst zu den Opfern des radioaktiven Fall-outs gehöre, der sich damals gerade im süddeutschen Raum niedergeschlagen hat. Niemand wird mir diese Frage mit Sicherheit beantworten können. Die Summe der schädlichen und gefährlichen Substanzen im Alltag war auch vor C. erschreckend hoch.
Seit ich über ihrer Sammlung brüte, sind Linda und ich noch mehr zusammengewachsen. Manchmal muß sie mich abends ins Bett treiben, mich erinnern, wieviel Arbeit am Morgen im Büro auf mich wartet. Ich bin hin- und hergerissen zwischen diesem wunderbaren Zustand, den ich nicht zerstören will (um dessentwillen ich morgens ins Büro gehen muß) und meiner begrenzt bemessenen Zeit, in der ich plötzlich

so viel nachzuholen habe. Doch die Arbeit geht gut voran. Zum Glück habe ich keine Termine im Ausland. Linda würde nicht zulassen, daß ich, scheinbar ihr zuliebe, wichtige Termine verpasse. – So flog ich mit ihr zwei Tage nach Hamburg, wir gingen an der Alster spazieren, ich nahm meine Verabredungen wahr.

*26. April*

Heute ist es soweit. Nichts ist anders als an den vorangegangenen Tagen. Wechselhaftes Aprilwetter, Durchzug eines Wolkengebiets. Westwind.
So ähnlich wird es vor fünf Jahren auch gewesen sein. Bis auf den Wind aus vorwiegend östlichen Richtungen. Aber das interessierte höchstens die Meteorologen. Bis zum nächsten Morgen. Als die Meßstationen an der schwedischen Ostseeküste plötzlich einen sprunghaften Anstieg der radioaktiven Werte verzeichneten und die schwedische Regierung überstürzt einen eigenen Reaktor abschalten ließ, weil man ein Leck vermutete. Die radioaktive Wolke, die in C. aus dem geborstenen Reaktor heraus-

gepufft war, zog über uns hinweg. Regnete sich ab. Einige Gebiete waren mehr, andere weniger stark betroffen.
Man wird niemals nachvollziehen können, welche Absprachen in diesen Stunden an den roten Telefonen zwischen den Hauptstädten der Welt getroffen worden sind. Warum sollte das Mißtrauen nicht davon ausgehen, daß die weltumspannende Atomallianz aller modernen Staaten dichtgehalten hat, solange es eben ging? Offiziell hielten sich die Sowjets bedeckt. Erst nach Tagen bekam man in den Nachrichten ein genaueres Bild. Da war eine Anzahl von Menschen bereits tot. Zum Beispiel einer der Feuerwehrmänner, der nach der Explosion auf dem Dach des Reaktorgebäudes stand, bis zu den Knöcheln im geschmolzenen Bitumen, und versuchte, mit einem Wasserschlauch das atomare Feuer zu löschen. Dennoch wurden in den Wochen darauf Tausende von Menschen von den Behörden wider besseres Wissen zu Hilfsleistungen an den Unfallort abkommandiert.
Seitdem sind fünf Jahre vergangen: Der Sarkophag – die Betonhülle, mit der man den havarierten Reaktor versiegelt zu ha-

ben glaubte – ist spröde und undicht geworden, Gammastrahlung abgebender Staub wird bis in ferne Zukunft mit dem Sickerwasser durch die Risse nach draußen gelangen.
Ich sitze an Lindas Frühstückstisch, blättere in den Morgenzeitungen und kann eines nicht begreifen. Wie läßt es sich erklären, daß wir einerseits die Intelligenz besitzen, komplizierteste Techniken zu entwickeln und anzuwenden, andererseits aber nicht die Fähigkeit und das Verantwortungsgefühl haben, unsere Erfindungen zu beherrschen.

Der Alltag holt uns ein. Es ist Freitag. Um neun Uhr sind wir im Büro. Linda möchte wichtige Korrespondenz vor dem Wochenende abschicken, damit sie den Empfängern am Montag vorliegt. Ich habe eigentlich nichts zu tun. Zum Zeitvertreib sehe ich mir die letzten Veröffentlichungen der Wirtschaftsforschungsinstitute an und quäle mich durch den Bericht der EG-Kommission zu Wettbewerbsfragen.
Die größten Aufträge sind im Augenblick erledigt, kleinere Sachen drängen noch nicht. Langsam lasse ich die Beziehungen

zu meinen Kunden auslaufen, ohne daß Linda es merkt. Jürgen und Helmuth, mit denen ich seit Jahren zusammenarbeite, werden sich ohnehin bald selbständig machen.

Ich denke an Vera. Vor zwei Monaten haben wir uns in New York gesehen. Ich hätte sie aufgenommen, ihr den Hof gemacht beim kleinsten Zeichen ihrer Zustimmung. Wie anders alles gekommen ist. Ich fühlte mich einsam und von allen Menschen verlassen, als ich wieder in München war. Ich wollte mich keinem meiner Freunde anvertrauen. Die Aussicht, daß die Geschichte unserer gescheiterten Ehe innerhalb von Tagen die Runde machen und vom ganzen Freundeskreis diskutiert werden würde...

Als ich aus Berlin zurückkam, hatte Linda gerade Geburtstag. Ich lud sie zum Abendessen ein. Alles weitere ergab sich durch mein großes Bedürfnis nach Vertraulichkeit und Anlehnung.

Bin ich dir damals auf die Nerven gegangen mit meiner Vertrauensseligkeit, meinem Bedürfnis, mich auszuheulen? fragte ich sie später.

Sie dachte nach, schüttelte langsam den Kopf: Nein, komischerweise nicht, obwohl ich wenig Geduld in solchen Dingen habe. Vielleicht hatte ich das Gefühl, daß du wirklich jemanden brauchst oder: Ich fand es interessant, daß du auf einmal ein Mensch warst und nicht nur mein Chef.

Manchmal habe ich einen Auftrag für sie. Ich laufe durch mein Zimmer, reiße die Verbindungstür auf und stutze. Dort sitzt sie. Dann fällt mir das Du wieder ein, und ich genieße es wie beim ersten Mal.

Abends sehen wir Tagesschau. Der Präsident der Sowjetunion ruft zur Hilfe für die Opfer auf. Linda ist zornig: Der sollte sich bedeckt halten. Schließlich war er schon da, als der Katastrophenalarm tagelang nicht ausgelöst wurde? Ansonsten nichts; keine Noten westlicher Staatsmänner, keine Demonstrationen. Ein paar kümmerliche Aktivitäten laufen ohne Anteilnahme der Bevölkerung ab. Kontamination kann man nicht riechen.

*29. April*

Im Halbdämmer, als ich bereits erwacht bin, huscht mir der Schatten einer Erinnerung durch den Kopf. Die Zone. Dieser Begriff, so lange durch deutsche Nachkriegsgeschichte besetzt: Woran erinnert er mich? Benommen sitze ich am Frühstückstisch und denke darüber nach. Linda schimpft mich einen Morgenmuffel. Sie ist ein Frühaufsteher; sie träumt, wenn sie schläft.

Eben im Halbschlaf wußte ich, woher mir der Umgang mit dem Sperrgebiet, der Zone, so bekannt ist.

Auf dem Weg zur Arbeit bin ich in Gedanken versunken. Linda hält mich am Arm fest: Liebling, hier müssen wir rein. Es ist Montag früh, langsam kannst du aufwachen.

Den Tag über geht es rund. Jürgen und Helmuth wollen mit mir über ihr neues Prognosemodell sprechen. Stundenlang klingelt das Telefon. Rückfragen von Kunden, Absprachen, neue Aufträge. Man ist zufrieden mit uns. Warum läuft alles so gut, obwohl ich die Dinge nicht mehr wirklich

ernst nehme, nur noch mit dem halben Aufwand von früher meine Arbeit verrichte?
Wieder ein Anruf: Das Wirtschaftsministerium will mich für eine Expertenrunde gewinnen, die demnächst ihre Arbeit aufnimmt. Ich lehne ab. Ich bin nicht skrupellos, akzeptiere nurmehr lange Vorlaufzeiten. Damit es für Umbesetzungen reicht, falls ich ausfallen sollte...
Am späten Nachmittag fühle ich mich auf einmal sterbenselend. Mir ist übel, schwarze Schlieren tanzen vor den Augen. Linda kommt bestürzt hereingelaufen und will sofort einen Arzt rufen. Nein, nein. Ich kann sie gerade noch daran hindern. Mach das Fenster auf, es geht gleich wieder besser.

Abends überprüfe ich im Badezimmer mein Gewicht. Ich habe fast sieben Kilogramm abgenommen. Immerhin: der Bauchansatz, der mich seit Jahren ärgert, ist weg. Ich beuge mich über das Waschbekken hinweg ganz dicht an die Spiegeloberfläche heran. Ich sehe mich an, kontrolliere jede einzelne Partie in meinem Gesicht. Um die Augen herum, auf den Wangen, am

Hals, in den Mundwinkeln – wo sind die ersten Anzeichen der Auszehrung zu bemerken? Ist mein Äußeres bereits das Spiegelbild meiner Krankheit? Sieht man mir die Anstrengung, die zunehmend größer werdende Müdigkeit an, sieht man, daß ich mit einem hauchfeinen Rest meiner früheren Kraft manche Tage nur eben überstehe? Ich ziehe den Kopf zurück und schneide eine Grimasse. Nein, man sieht nichts. Ich bin ein junggebliebener Enddreißiger, ein smarter Typ mit dicker Brieftasche, ich bin noch lange nicht am Ende.

*30. April*

Wieder der Traum. Kurz vor dem Aufwachen. Jetzt weiß ich, daß es sich um einen Film handeln muß. Bilder wie durch ein Kameraauge gesehen, Nahaufnahmen in Gesichter, Landschaftstotalen und Schwenks. Ein wildbewachsenes Tal; eine kleine Niederung, durch die ein Bach floß. Blumen, Bäume, Gebüsch, eine unberührte, schöne, wilde Vegetation. Aber in dem Gebiet herrschte ein sonderbarer zeitlicher Stillstand. Eine unheimliche, nicht zu lokalisierende Bedrohung lag in der Luft. Menschen spielten mit. Sie unternahmen eine Wanderung, Expedition, Durchquerung der Zone? Sie schienen Gefahren ausgesetzt. Doch die Art der Gefahr blieb im dunkeln. Zumindest in meiner geträumten Erinnerung.

Wieder sage ich beim Frühstück kaum ein Wort. Linda liest Zeitung und läßt mich in Ruhe. Ich spüre den blasser werdenden Gespinsten des Schlafes nach, versuche, sie in den Tag hinüberzuretten. Doch das Tageslicht deckt sie zu, wie es sich auf eine Leinwand legt und die Leuchtkraft des Filmprojektors verschluckt.
Auf dem Weg zur Arbeit will ich Linda einweihen: Du, ich habe etwas Seltsames geträumt...
Anscheinend träumst du immer noch, mein Lieber. Um zehn kommen die Engländer und wollen wissen, ob die Strukturanalyse endlich fertig ist. Überleg dir lieber, was du ihnen erzählst, Hans.
Alle Frauen nennen mich Hans, wenn sie mit mir schimpfen, stelle ich voller Selbstmitleid fest. Linda lacht verhalten. Sie ist nachdenklich, scheint sich Sorgen zu ma-

chen. Die Engländer sind pünktlich. Meine Herren... die Expansion auf den kontinentalen Markt... Ich beginne mit einer fünfzehnminütigen Einleitung, ergehe mich in einer Aneinanderreihung von Allgemeinplätzen. Mein Plan ist, den beiden eine längere Erklärung zu liefern, warum die Begutachtung ihres Projekts so kompliziert und daher noch nicht abgeschlossen ist. Doch meine Besucher sind äußerst interessiert. Sie machen sich Notizen, sehen mich an, als offenbarte ich ihnen die Grundlagen einer bisher unbekannten Wirtschaftsordnung. Ich disponiere um und schwenke in einen Stegreifvortrag ein, der volle sechzig Minuten dauert. Ich lasse das Tonbandgerät mitlaufen. Linda soll meine Ausführungen nachher abschreiben. Ich werde noch die eine oder andere Statistik hinzufügen, und in zehn Tagen haben meine Auftraggeber das gewünschte Ergebnis vorliegen.
Natürlich kann ich frei reden; mir liegen die neuesten Daten der Wirtschaftsforschungsinstitute vor, ich bin bestens über die Konjunkturlage und die Marktentwicklung in unterschiedlichen Branchen informiert, aber Ergebnisse mit so wenig Aufwand, das widerspricht vollkommen meinem bisheri-

gen Arbeitsstil. Als die beiden Engländer gegangen sind, bin ich verblüfft. Habe ich jetzt den Punkt erreicht, an dem ich ohne Streß jedes beliebige Ziel erreichen kann, weil ich einfach gut bin? Oder war ich bisher zu gut, besser als nötig? Linda kommt herein und sieht mich vorwurfsvoll an.
Na, was hast du ihnen erzählt, waren sie sauer?
Aber nein; ich lache, kann es noch immer nicht fassen: Hier ist das Ergebnis, fast fertig. Ich reiche ihr die Kassette.
Sie ist nicht überzeugt: Wenn das mal gutgeht.
Jawohl, Frau Chefin, scherze ich hinter ihr her.
Wenn wir im Büro sind, versucht Linda, wieder zu meiner Sekretärin zu werden. Gegenüber Besuchern gelingt ihr das. Sie spürt keinerlei Minderwertigkeit bei der Verpflichtung, die Untergebene zu spielen. Sie siezt mich, versucht, mich anzutreiben. Sie möchte nicht, daß ich ihretwegen das Geschäft vernachlässige, weniger Geld verdiene. Sie möchte uns – zu meinem Wohl – in gewissen Dingen auseinanderhalten. Dafür liebe ich sie auch.

In der Post ist der Brief eines Freundes, für den ich ein kleineres Gutachten geschrieben habe. Mein Kompliment, schreibt er, Deine Arbeit ist nicht nur so gut wie immer, sondern außerdem von ungewohnter Brillanz und Geistesschärfe. Du hängst nicht mehr an Deinen Fakten, sondern wagst auch einmal Prognosen, die Dein Gefühl Dir eingibt. Du kannst es Dir leisten. Solche Marktkenntnis, ein so solides Grundwissen hat nicht jeder.
Langsam wird mir unheimlich. Was beflügelt mich auf diese Weise, was verschafft mir am Ende diesen beruflichen Höhenflug? Ist es die Beziehung zu Linda, die mich verändert hat? Oder ist es das Wissen um die Nichtigkeit meiner Arbeit, ihre Endlichkeit?
Ich nehme alles leichter, ich leiste es mir, in Mißkredit zu kommen, da ich nicht mehr mir, sondern höchstens meinem Nachruf schaden kann. Wenn es aber so ist, was bedeutet das für den Rückblick auf mein Leben. Habe ich das Richtige erreicht und auf dem Weg dorthin alles falsch gemacht. Gehöre ich auch zu denen, die am Ende erkennen, daß ihnen das Leben mißlungen ist?
Ach Quatsch! Ich mag es nicht, wenn mich

dieses Pathos überfällt. Ich bin gut, vielleicht aus dieser besonderen Situation meines Lebens heraus. Aber es kann auch Zufall sein, daß der Höhepunkt meiner Karriere mit dem Ende meines Lebens zusammenfällt.
Oder würde ich im Falle meines Überlebens wieder in die gehobene Mittelmäßigkeit zurückfallen, der ich eben entkommen bin? Wie müßig, darüber zu spekulieren. Ich beobachte meinen Niedergang und habe die glücklichsten anderthalb Monate meines Lebens hinter mir: eine wunderbare Verbindung.

*1. Mai*

Gestern abend sind wir in mein Haus gefahren. Hier ist mehr Platz, wir können den freien Tag komfortabler verbringen. Am späten Nachmittag machten wir einen Spaziergang an der Isar. Es war kühl und regnerisch, dunkle Wolken bedeckten den Himmel. Ich fühlte mich wohl im abnehmenden Licht der Dämmerung. Wir hingen unseren Gedanken nach, sprachen wenig. Seit ich mit den Folgen jener verheerenden Katastrophe bekannt geworden bin, überfällt mich zuweilen eine Weltuntergangsstimmung. Ich sprach mit Linda darüber, und sie erinnerte sich, daß es ihr in der ersten Zeit ihrer Beschäftigung mit C. genauso ging. Später hat sie zu einer neuen Form von Optimismus gefunden. Sie versucht, ihr Leben bewußt, in der Verantwortung für das Überleben zu führen. Meine Haltung ist destruktiver. Die Erlebnisse der letzten Zeit, meine Krankheit, haben sich in mir zu einer Endzeitstimmung vermengt. Das Zeitalter der hemmungslosen Übertechnisierung ist zu Ende; vorbei die Zeit, in der jeder Fortschritt begeistert begrüßt wurde als ein weiterer Sieg über die Gewalten der Natur. Was bleibt, ist der Weg in eine Ära der globalen Katastrophenverwaltung. Nicht der Nuklearseuche von C., dem Chemieunfall von Bhopal oder dem Pegelanstieg der Weltmeere muß der Kampf angesagt werden, sondern der ungeheuren Summe der Unvernunft, die durch die Kleinigkeiten entsteht, die sich fast jeder Mensch, auch ich, täglich zuschulden kommen läßt.

Am Morgen liegen wir lange im Bett, schlafen aus, fühlen uns wohl. Ich döse vor mich

hin, und da ist er wieder. Der Film, das Bild der Bachniederung zwischen den Wiesen. Der dunkle, üppige Wald und das Gefühl von Gefahr, die allgegenwärtig ist, aber nicht zum Ausbruch kommt. Sofort bin ich hellwach und kann mich nicht mehr gedulden. Ich wecke Linda auf, erzähle ihr von meinen Bildern. Was ist das für ein Film? Ich kenne ihn genau, habe ihn vermutlich im Fernsehen gesehen.
Später am Tag spricht sie mich darauf an. Sie erinnert sich auch. Wir sprechen noch mehrmals davon, aber keinem fällt der Titel ein.
Der Feiertag ist schön. Wir sind faul, ruhen uns aus, genießen, daß wir nichts mit der Zeit anfangen müssen.

*2. Mai*

In den frühen Morgenstunden träume ich wieder, diesmal etwas anderes. Ich sitze im Büro vor meinem Computer und bin mit der Eingabe verschiedener Daten beschäftigt. Neben mir liegt der Stapel, den ich bearbeiten muß. Doch statt mit der Zeit abzunehmen, wächst er, wächst um so schneller, je mehr ich mich bemühe, ihn abzutragen. Ich arbeite immer hastiger, fange an, Fehler zu machen und unkorrigiert stehen zu lassen. Der Stapel wächst. Irgendwann kann ich nicht mehr, schiebe die Tastatur zur Seite und drehe mich weg. Als ich nach einiger Zeit wieder nachsehe, finde ich nichts mehr. Der Stapel ist plötzlich verschwunden. Im Aufwachen analysiere ich meinen Traum. Es ist nichts: Ich kann die langweiligen statistischen Arbeiten nicht ausstehen, die mir demnächst bevorstehen.

Der Tag vergeht langsam, ohne irgendwelche Vorkommnisse. Ich arbeite einen Berg von Routineanfragen ab. Mein gedrosseltes Tempo macht sich bemerkbar. Früher habe ich an den Wochenenden den Überhang weggeschafft.

Nach dem Mittagessen zuckt mir ein Schmerz durch den Kopf. Mir wird schwarz vor Augen, ich merke noch, wie ich mich unter krampfartigen Leibschmerzen zusammenkrümme. Ich überwinde die vier, fünf Meter zum Sofa, lege mich hin. Wenn nur Linda nichts merkt. Dann nichts mehr…

Wann wache ich wieder auf? Ich weiß es nicht. Das Sofa ist mit einem Bettlaken bezogen und sehr breit. Es ist dunkel im Zimmer. Wie lange war ich ohne Bewußtsein, was ist passiert, dies muß ein Krankenhausbett sein, was weiß Linda inzwischen?
Nein, sie ist nicht im Zimmer, sie sitzt noch draußen, sie arbeitet immer noch, es gibt soviel zu tun, ich muß auch arbeiten, das Unternehmen muß wieder auf Trab gebracht werden, Linda ist so fleißig, sie sitzt immer noch draußen und arbeitet, sie ist so fleißig, noch weiß sie nicht...

Jetzt erkenne ich den Film wieder. Aber ich bin zu schwach, um darüber mehr Freude zu empfinden als den Widerhall eines Lächelns.
Man hat mich in ein Krankenhaus gebracht. Linda fand mich auf dem Sofa und rief die Ambulanz. Ich fürchte mich so vor der Wahrheit für sie. Weiß sie es schon, hat ein Arzt sie vorsichtig eingeweiht? Nein. Eher bekam sie den Auftrag, die Verwandten ihres Chefs zu benachrichtigen.
Ist Vera schon auf dem Weg nach München. Ich muß mein Testament ändern, Linda soll etwas von mir behalten. Ich

möchte die Verwandtschaft nicht um mich haben. Lieber sage ich es Linda, gestehe ihr den Betrug und lebe mit ihr, solange es geht. Was einmal so begonnen hat...
Der wievielte ist heute. Habe ich tagelang ohnmächtig dagelegen. Ich sehe niemanden, man scheint mich während des Schlafs mit dem Nötigsten zu versorgen. Immer wieder wache ich auf, mein Gehirn arbeitet fieberhaft, versucht, in kurzen Momenten meine Lage zu erfassen. Dann schlafe ich wieder. Für Tage, Wochen; ich habe vollkommen den Überblick verloren.

Das schreibe ich nicht mehr auf. Mein Reden hat sich verselbständigt, Selbstgespräche, die sich von alleine entspinnen. Das Leben ist wie ein Traum, der geht, wohin er will, ohne daß wir auf irgend etwas Einfluß nehmen können.
Ich sehne mich nach jener Bachniederung, dem dichten saftigen Grün des Auwaldes; ich fühle die Stille der Luft, die frische Kälte des seichten Wassers, den Widerhall der Wassertropfen. Die kräftigen Gräser streifen den Tau an meinen Hosenbeinen ab; der Boden ist moorig-weich, schwingt unter meinen Tritten nach.

Dorthin denke ich mich. Ich sehe eine Gestalt im hohen Gras liegen. Jemand, der den Geräuschen des Bodens zuhört, das Ohr an die Erde hält. Die Unergründlichkeit der Natur, die sich den Menschen vom Leib hält...

Ich sehne mich nach Lindas Liebe. Nach ihren Augen, ihrem Lächeln. Wenn sie hereinkommt, sich über das Bett beugt, mich sanft berührt, wie lange wird es noch dauern.
Hoffentlich holt sie mich bald. Ich fühle mich schon besser. Das Liegen verkürzt mir das Leben.

Einmal habe ich eine Krankenschwester beim Verlassen meines Zimmers überrascht. Ich schrie sofort hinter ihr her: Wie lange ich noch hierbleiben müsse, solle sie mir sagen, und wie es mir gehe. Später wachte ich wieder auf und konnte mich nur schemenhaft an den Vorfall erinnern.
Vielleicht ist gar nicht so viel Zeit vergangen, wie ich mir einbilde. Habe ich dauernd geschlafen und mir in kurzen Momenten des Halbdämmers nur eingebildet,

stundenlang wachzuliegen? Die Ungewißheit ist quälend.

Es ist nicht viel Zeit vergangen. Linda stand an meinem Bett und sprach von Freitag nachmittag. Sie hätte meinen Freund Walter benachrichtigt, er müsse bald kommen. Was hat sie sonst gesagt? Ich muß gleich wieder eingeschlafen sein.
Ist Walter bereits hier gewesen? Habe ich seinen Besuch auch verschlafen? Linda kommt wieder ins Zimmer. Ich will mich entschuldigen, daß ich so verpennt bin. Sie lächelt ein wenig, erzählt irgend etwas von Beruhigungsmitteln.
Haben sie mir etwas gegeben, damit ich mich richtig ausschlafe? Hält man meine Schwäche für einen Anfall von Überarbeitung, haben sie noch nichts gemerkt. Irgendwie bin ich erleichtert...

Heute. Es ist früher Morgen. Draußen ist es dämmrig, dunkelgraue Wolken bedecken den Himmel. Auf dem Nachttisch liegt meine Uhr: sechs Uhr fünfzehn. Ich habe lange genug geschlafen. Ich fühle mich gut. Im Schrank hängt meine Kleidung, daneben Wäsche, ein frisches Hemd, Rasierzeug.

Drüben, am Waschbecken, liegen Zahnbürste und Zahnpasta. Linda muß die Sachen hergebracht haben. Hat man sich auf einen längeren Aufenthalt eingerichtet? Neben dem Schrank steht der kleine Weekendkoffer, den ich in Lindas Wohnung stehen hatte. Ich packe die Sachen hinein, ziehe mich an, mache mich zum Weggehen fertig. Noch sollen sie keinen Zugriff auf mich haben, die Zeit ist noch nicht gekommen, wo sie mich an ihre Schläuche hängen.
Vor dem Fenster stehen hohe, alte Kastanienbäume, gegenüber ein älterer Klinkerbau. Wahrscheinlich bin ich im Schwabinger Krankenhaus. Ich sammle die letzten Sachen ein und öffne die Tür. Draußen ist lebhafter Betrieb. Die Frühschicht verteilt die Frühstückstabletts auf die Zimmer. Gegenüber von meiner Tür ist ein Wegweiser zum Ausgang. Ich sehe den Gang entlang: Auf dem Weg zum Treppenhaus muß ich am Glaskasten der Stationsschwester vorbei... ach was, ich bin kein Sträfling, der sich davonschleichen muß, ich werde mich ordnungsgemäß abmelden. Selbstbewußt gehe ich los; es funktioniert, ich laufe kraftvoll den Gang entlang, kaum eine Schwäche in den Beinen.

Die Oberschwester reißt die Augen auf, als ich in ihr Büro trete und der Koffer in meiner Hand sichtbar wird. Ein Schwall von Sätzen bricht über mich ein: Sie kann mich nicht gehen lassen, ihre Verantwortung, die Verantwortung des Arztes, mein Zustand, ich muß ihr unterschreiben, daß...
Schwester, beruhigen Sie sich, ich bin mir über meinen Zustand im klaren und will keine Zeit bei Ihnen verliegen. Sie sieht mich an, ihr Blick ist auf einmal verändert. Sie wissen es also doch.
Sind meine Angehörigen benachrichtigt worden?
Sie sieht in der Akte nach: Wahrscheinlich nicht, rufen Sie bitte zwischen zehn und zwölf Doktor Fischer an.

Vor dem Portal ist es herrlich. Ich atme die frische klare Morgenluft und ziehe fröstelnd die Schultern hoch: Es hat sich wieder abgekühlt. Wo soll ich hingehen? In der Manteltasche fühle ich den Schlüssel zu Lindas Wohnung. Es sind zehn Minuten zu Fuß, wir könnten gemeinsam frühstücken und gleich ins Büro gehen. Ja, so mache ich es. Nur keine Unsicherheit aufkommen lassen.

*4. Mai*

Es ist wirklich nicht so viel Zeit vergangen, wie ich angenommen hatte. Drei Tage nur, ich habe nachgerechnet.
Als ich Lindas Wohnung betrat, war alles dunkel, alle Rolläden geschlossen, kein Licht im Bad. Aber ja, heute ist Samstag, dachte ich, sie schläft aus. Ich tapste durch die Wohnung, machte Kaffee und holte ein paar Scheiben Toast aus der Tiefkühltruhe. Dann weckte ich Linda zum Frühstücken. Sie fuhr aus dem Schlaf hoch.
Um Gottes willen, Hans, du gehörst ins Krankenhaus, du bist doch noch gar nicht wieder in Ordnung.
Ich bin ausgerissen, erklärte ich triumphierend. Was soll ich dort rumliegen, jetzt ist Wochenende, da unternehmen wir lieber was. Am Montag wäre ich sowieso zum Arbeiten gegangen.
Du verrückter Kerl, sagte sie auf unwiderstehliche Art...

Am späten Vormittag trennen wir uns ein paar Stunden. Linda geht zum Einkaufen, und ich bin auf einen Sprung im Büro, um die Post durchzusehen. Von einer mir un-

bekannten Frau liegt ein Brief dabei. Sie beginnt mit «Lieber Hans» und duzt mich. Eine ehemalige Schulkameradin vom Gymnasium, stellt sich heraus. Als eine der wenigen, die noch am Ort wohnen, organisiert sie ein Klassentreffen zur zwanzigsten Wiederkehr unserer Matura.
Ich habe meinen Schulabschluß in Wien gemacht. Mein Vater hatte damals für einige Jahre dort zu arbeiten, und wir nahmen den Umzug als willkommenen Anlaß, meine Schulzeit um ein Jahr zu verkürzen. Danach ging ich zum Studieren nach München, ohne jemals für länger nach Österreich zurückzukehren.
Die Feier soll am Ende des Monats stattfinden. Ich werde nicht fahren, denke ich spontan, ich habe keinerlei Erinnerung an damals, ich kann mit den Leuten nichts anfangen, bloß weil wir ein paar Jahre dieselbe Schulklasse besucht haben. Außerdem ist mir die Reise zu weit. Ich habe zu viele Dinge zu erledigen, die keinen Aufschub dulden...
Der nächste Brief jagt mir einen Schrecken ein. Vera schreibt aus Buenos Aires. Sie haben sich gut eingerichtet und verkehren fast täglich in den höchsten Kreisen der

Gesellschaft. – Das ist typisch Vera, daß sie erwähnen muß, zu welchem gesellschaftlichen Ansehen sie aufgestiegen ist; sie meint es nicht böse, aber ihre Worte sind von ärgerlicher, leichtfertiger Gedankenlosigkeit. – Dann aber folgen einige Sätze, die mich beunruhigen: Sie hat mehrmals tiefgreifende Meinungsverschiedenheiten mit Carlos gehabt. Sie fühle sich bevormundet, schreibt sie. Zwar hätten sie sich immer wieder zusammenraufen können – bis jetzt, wie sie hinzufügt. Diese Zeilen verursachen mir eine leichte Panik. Nach Veras Weggang habe ich mich neu arrangiert, ich kann sie hier nicht mehr gebrauchen.
Ist es aber moralisch zu rechtfertigen, daß ich sie abweise, wenn sie zurückkommt und mich braucht? Wahrscheinlich schon! Man kann von mir nicht verlangen, daß ich einen seelischen Rückwärtsgang einlege und mein altes Leben wiederaufnehme.
Ich lasse den Rest der Post unberührt und verdrücke mich aus dem Büro. Noch so ein Brief, und der Tag ist erledigt. Ich überquere die Königinstraße und spaziere in den Englischen Garten hinein. Ich brauche frische Luft nach dem Krankenhausmief der vergangenen Tage. Im Park sind Wie-

sen und Wege überfüllt. Die Wolken haben sich verzogen, das Wetter ist mild und sonnig. Die Münchner nehmen ihr traditionelles Baderevier wieder in Benutzung. Ich wandere über die Alleen, erst weiter draußen, im weitläufigen Norden des Parks, wo weniger Betrieb ist, komme ich zum Nachdenken. Das fehlte noch, daß ich am Ende meines Lebens zwischen zwei Frauen stünde, von denen die eine sich wahrscheinlich ausgenutzt und die andere auf gewisse Weise hintergangen fühlt.

Mein Abgang soll leise sein, ein Weniger-werden, das sich langsam und unmerklich vollzieht, so daß niemand mit Sicherheit sagen kann, ab wann ich nicht mehr da war, wann man mich aus den Augen verloren hat.

Ich denke wieder an den Film, entsinne mich an die Fahrt einer Draisine, die durch einen menschenleeren, öden Landstrich fährt. Einzig das Klack-klack der Räder, die über die Schienenstöße holpern, erinnert an das Fortlaufen der Zeit, das Weiterbestehen einer Realität.

An einige Gesichter aus dem Film erinnere ich mich. Da ist zum Beispiel ein Mann; sein Gesicht ist von einer gewissen Derbheit, und kantig, aber es strahlt zugleich eine unglaubliche Zartheit und Zerbrechlichkeit aus. Und ein kleines Mädchen ist da, das nicht laufen kann, das den Kopf auf den Tisch legt und Gläser und Flaschen darauf bewegen kann, ohne eine Hand zu heben. Die Menschen tauchen vor meinen Augen auf, in ihre Gesichter ist Einsamkeit eingeprägt, Ausdruck eines Lebens, das in seinem trostlosen Verstreichen und seinem Elend mich, den Zuschauer, vollkommen deprimierte. Es ist ein Film, den kaum ein anderes Werk wird überbieten können. In zweihundert Jahren wird er unsere Zeit erklären als eine Epoche der Trauer, der Zurückgezogenheit auf sich selbst. Er wird eines der wenigen wahren Zeugnisse unseres Zeitalters geworden sein.

Die Zone ist zu einem Fluchtpunkt für meine Gedanken geworden. Seit den Tagen des halbwachen Träumens im Krankenhaus bin ich mir sicher, dorthin zu reisen. Ich stelle Pläne auf, nach C. zu kommen.

*6. Mai*

Die Woche hat normal begonnen. Samstag vormittag habe ich nach meinem Spaziergang mit dem Professor im Krankenhaus telefoniert. Ich habe die Stationsschwester wohl mißverstanden: Man wußte nichts von meinem Zustand, hielt meinen Zusammenbruch für einen ungewöhnlich heftigen Schwächeanfall. Doch mittlerweile frage ich mich, ob mir der Professor seine Diagnose nur verschwiegen hat und insgeheim versucht, Angehörige von mir ausfindig zu machen. Man hat eine Blutprobe von mir genommen; nur ein grober Fehler bei der Analyse kann die Ärzte über meine Krankheit im unklaren lassen...
Ich telefoniere mit «Intourist» in Frankfurt, um mich nach den Einreiseformalitäten in die UdSSR zu erkundigen. Man will mir die Unterlagen zuschicken; ich bitte um ein Fax, damit es schneller geht. Gleich darauf locke ich Linda aus dem Büro fort. Sie soll nichts von meinen Plänen wissen und braucht die Unterlagen nicht zu sehen. Linda schmaust genüßlich, ich bringe meine Tagliatelle kaum herunter. Nach dem Essen übergebe ich mich auf dem Klo.

Eigentlich geht es mir gut, aber seit ich aus der Klinik weg bin, spüre ich zum ersten Mal einen leichten Dauerschmerz im Bauch. Ich bin darauf gefaßt gewesen, Seifert hatte mir ähnliches bereits angekündigt.
Jetzt überrascht es mich trotzdem. Geht so das Ende los. Ich beeile mich mit den Dingen, die ich noch zu tun habe.

*9. Mai*

Gestern habe ich einen Mann auf der Straße getroffen, den ich von irgendwoher kannte. Wir sahen uns an, grüßten einander, und ich zögerte einen winzigen Moment zu lange, da war es passiert. Er blieb stehen, sagte ein paar einleitende Worte wie: Wir haben uns ja eine Ewigkeit nicht mehr gesehen. Es entspann sich eine kurze Konversation, deren Peinlichkeit mir noch jetzt in die Knochen fährt. Ich wußte weder den Namen des anderen, noch, ob wir einander duzten oder siezten; ich hatte, wenn ich sie denn jemals gekannt hatte, sämtliche persönlichen Umstände vergessen, die sich für mich mit seinem Namen verbinden

mußten. Ich fragte – unter Vermeidung der Anrede – nach dem Befinden, und wiederum blieb mein Blick eine verhängnisvolle Sekunde zu lange an seinem schlecht gefertigten Toupet hängen.
Mir ist immer noch nicht klar, was diesen Mann daraufhin veranlaßte, mir, dem offensichtlich nur flüchtig Bekannten, von seiner Krankheit zu erzählen. Die Folgen der Chemotherapie zwängen ihn zu diesem unvollkommenen Haarersatz, ja, er habe Leukämie gehabt, befinde sich nun auf dem Wege der Besserung.
Seine Offenheit schockierte mich nicht um ihres Inhaltes willen, sondern durch ihre schonungslose Unbefangenheit. Ich war gezwungen... wozu eigentlich. Sollte ich Mitleid und Mitgefühl äußern oder Genesungswünsche angesichts der Besserung aussprechen? Einen Moment lang erwog ich, mit meinem eigenen Leiden quasi in Konkurrenz zu ihm zu treten. Ich stammelte irgend etwas und verabschiedete mich überstürzt.
Mich überfällt Beschämung, wenn ich daran denke. Ich glaube ständig, mich vor irgend jemand für mein Verhalten rechtfertigen zu müssen; ein unsichtbares Ge-

genüber, der Nachhall jener Person vom Vortag, nimmt mich gefangen. Unwillkürlich setze ich ein entschuldigendes Lächeln auf, während ich in Gedanken eine Erklärung formuliere.
Linda beobachtet mich dabei. Sie fragt, warum ich lächle, und ich erzähle ihr von dem Vorfall. So etwas gäbe es, meint sie, das habe sie auch schon erlebt: vermeintlich peinliche Begegnungen, die man unnatürlich lange im Gedächtnis behält, an die man sich ohne besonderen Grund immer wieder erinnert.
Danach war mir besser, und die Intervalle des Erinnerns wurden größer...

*10. Mai*

Ich muß mich beeilen. Meine Zeit in dieser Stadt läuft ab. Ich habe keine Lust, mein altes Leben noch einmal von vorne aufzurollen.
Der Anrufbeantworter im Büro hat in der Nacht ein Telefonat aus Buenos Aires aufgezeichnet. Vera natürlich. Sie klingt verheult, ich verstehe kein einziges Wort auf dem Band. Anscheinend hatte sie getrunken, dazu das Rauschen in der Leitung und

die schlechte Bandqualität...
Ich befürchte, daß sie bereits auf dem Weg nach Deutschland ist... Das könnte dann das Ende einer extravagant ausgelebten Midlife-crisis sein: Die Ehefrau kehrt nach Hause zurück, wird vom vereinsamten Gatten wieder aufgenommen, und alles geht weiter wie vorher.
Und wenn der Gatte gar nicht einsam ist? Aber ohne meine Krankheit hätte ich nichts mit Linda, nichts hätte sich um mich herum verändert; so abgeschmackt es klingt, wir würden uns wieder zusammenraufen, ich würde versuchen, eine mehr oder weniger gute, vielleicht sogar eine bessere Ehe zu führen, wir würden miteinander alt werden. Warum habe ich nie mit dieser Möglichkeit gerechnet.
Das funktioniert nicht mehr. Alle Dinge in meinem Leben haben eine Endgültigkeit, die es vorher nicht gegeben hat. Vielleicht hätte ich anders um Vera gekämpft, wenn mir nicht gleichzeitig und so plötzlich mein eigenes Leben abhanden gekommen wäre. Ich bin froh, daß sich nun die Dinge nicht mehr ändern lassen. Veras und meine Gemeinsamkeit ist beendet, so vollkommen und schmerzlos, wie es möglich war.

*11. Mai*

Vera hat wieder im Büro angerufen. Diesmal war sie klar zu verstehen. Sie ist in New York zwischengelandet, um ihre Sachen abzuholen, und wird in wenigen Tagen in München eintreffen. Sie möchte in unserem Haus wohnen. Warum ich nicht zu Hause zu erreichen sei, fragt sie mit nicht zu überhörendem Vorwurf in der Stimme.

In meinen Gefühlen halten sich Panik und Verärgerung die Waage. Einerseits ihr schnelles Kommen, andererseits die Selbstverständlichkeit, mit der sie sich auf mein promptes Funktionieren verläßt und mir gleich wieder Vorhaltungen macht. Sie wird bei ihrer Ankunft erwarten, daß ich sie vom Flughafen abhole und zum Essen ausführe.

Es ärgert mich auch, in wie kurzer Zeit mir das gute Bild abhanden gekommen ist, das ich mir bei unserem Abschied in Berlin von ihr bewahrt hatte. Die Zeit läuft mir davon. Sie darf mich in München nicht mehr antreffen. Sie würde von meinem Zustand erfahren und ein filmreifes Abschiedsfest für mich in Szene setzen. Sie würde meine

Krankheit bei ihren Freunden herumtragen und sich bedauern lassen. Sie würde Linda auf eine Weise aushebeln, die mir schon jetzt vor Wut das Blut ins Gesicht treibt.
Die Gedanken, die mir nach dem Abhören des Anrufbeantworters durch den Kopf schießen, erschrecken mich. Dieses Bild von Vera, das mir mein Unterbewußtsein liefert, stammt aus der Zeit, bevor sie mich verlassen hat. War es das, was sie fortgetrieben und unsere Ehe mehr zerstört hat, als ich wahrhaben wollte?
Ganz gleich, ob ich im Recht oder im Unrecht bin, sie darf mich hier nicht mehr antreffen. Zum ersten Mal in meinem Leben fühle ich mich als Teil eines Kreislaufs, der mich nicht mit sich zerrt, sondern sich mit mir bewegt. Vera gehört nicht mehr dazu, alles würde sich rückwärts zu drehen beginnen.

*13. Mai*

Wieder eine neue Woche. Wenn meine Planung funktioniert, soll es die letzte vor meiner Abreise sein. Den ganzen Sonntag war ich im Büro mit den Vorbereitungen beschäftigt. Ich mußte feststellen, daß nicht alles so abgeschlossen und vollendet sein wird, wie ich es mir vorgenommen hatte. Einige von mir persönlich betreute Aufträge müssen von Jürgen und Helmuth weitergeführt werden.

Ich werde keine Zeit haben, um mich mit dem Erbrecht auseinanderzusetzen. Ich änderte einige Passagen in meinem Testament so, daß sie nach meinem Rechtsverständnis nicht anfechtbar sein werden. Linda soll von mir die Mittel bekommen, ihr Archiv weiterzuführen und zu vergrößern; Vera wird mit allen Mitteln versuchen, es ihr streitig zu machen. Ich überlegte, ob ich unsere Trennung in den Text hineinnehmen sollte, ließ es dann aber bleiben.

Ich räumte den Tresor aus und vernichtete eine Anzahl unbedeutender Unterlagen. Bei der Auflösung der Firma werde ich mich auf Linda und Jürgen verlassen können. Sie sind mit allem bestens vertraut, ich habe ihnen selten Dinge verheimlicht, die sie hätten wissen müssen.

Heute morgen rief ich als erstes bei «Intourist» an. Ich untermauerte die Dringlichkeit meines Anliegens mit einer erfundenen Geschichte. Man versprach mir ein Visum bis zum Ende der Woche. Trotzdem wird es schwer werden, auch noch einen Flug nach Kiev zu bekommen.
Weiteres kann ich nicht planen. Ich hoffe, dort am Flughafen einen Mietwagen zu bekommen, den ich an meinem Ziel verstekken könnte; vielleicht gibt es einen Bus für einen Teil der Strecke nach C. Nur ungern würde ich ein Taxi benutzen. Damit wäre eine Spur hinterlassen, die sich später zurückverfolgen ließe...
In der Mittagszeit fuhr ich nach Hause. Ich kramte in der Garage herum und suchte die Ausrüstungsgegenstände zusammen, die ich mir vor Jahren für meine Bergtouren angeschafft hatte. Der Daunenschlafsack ist noch gut in Ordnung, der Gaskocher funktioniert, und ein wenig praktisches Geschirr und ein Taschenmesser fand sich ebenfalls. Ich packte die Sachen zusammen mit dem Rucksack in meinen Reisekoffer. Ich überlegte eine Ausrede, um mich bei der Einreise vor den Zöllnern zu rechtfertigen; einem seriös aussehenden

Geschäftsmann wird man den Inhalt des Koffers ebensowenig abnehmen wie einem Touristen, der bei der Einreise seine Hotelbuchung vorzulegen hat. Sollte ich versuchen, eine Fortsetzung der Reise vorzuschieben, für die ich die Ausrüstung brauchen würde? Einen Abenteuerurlaub in Skandinavien. Ich werde versuchen, von Kiev einen Flug dorthin zu buchen, um einen konkreten Beweis in den Händen zu halten.

*15. Mai*

Meine Ausrede gefällt mir. Am Morgen kam die Buchungsbestätigung für einen Flug von Kiev über Moskau nach Helsinki. Das Ticket werde ich den Zöllnern vorzeigen, und man wird mir glauben. Vera hat nicht mehr angerufen. Ich befürchte, daß Linda von den Anrufen erfahren könnte, und löschte sorgfältig das Band mit den beiden Anrufen der letzten Woche. Wie wird sie reagieren, wenn ich in einigen Tagen verschwunden bin und Vera plötzlich im Büro steht. Sie tut mir im voraus leid, aber ihretwegen kann ich meine Pläne nicht

ändern. Liebe ich sie noch? Ich weiß es schon nicht mehr.
In der Garage meines Hauses stehen fertig gepackt zwei Koffer mit meinen Sachen. Auch eine größere Menge Bargeld habe ich mir besorgt. In den Tresoren – zu Hause und hier im Büro – liegen unauffällig, aber griffbereit und geordnet die Papiere bereit, die zur Abwicklung der Formalitäten nötig sein werden, wenn ich verschwunden bin.

*16. Mai*

Die Nacht über lag ich wach neben Linda und dachte über alles nach. Liebe ich sie also noch?
Wie schwierig das zu beantworten ist. Sie ist Teil eines Lebens, das ich zu beenden gedenke. Alles läuft auf das Sperrgebiet zu, in das ich irgendwann gelangen werde. Die früheren Versatzstücke meines Lebens brechen nach und nach auseinander. Vera, ein paar Freunde, meine Arbeit, das ist vorbei und vergessen. Linda fällt in eine Zwischenphase – intensiv und flüchtig zugleich –, in der sich alles verändert hat. Es fällt mir schwer, sie als Gegenwärtiges zu betrach-

ten. Die Veränderung rast an meinen Augen vorbei, zieht mir den Alltag unter den Füßen weg. Kommenden Mittwoch geht das Flugzeug nach Kiev. Ich bin auf dem Sprung, sofort von der Bildfläche zu verschwinden, falls Vera vorher zurückkehrt.

*Wien, 22. Mai, Mittwoch*

Die Ereignisse haben sich überschlagen. Freitagabend fuhr ich aus der Stadt hinaus, um zu Hause nach dem Rechten zu sehen. Als ich in meine Straße einbog, konnte ich eben noch sehen, wie ein Taxi, das vor meinem Haus gehalten hatte, davonfuhr.
Vera ist da, schoß es mir durch den Kopf. Ich bremste, wendete den Wagen und jagte davon, als hätte sie bereits meine Verfolgung aufgenommen. Ein paar Querstraßen weiter hielt ich an. Ich versuchte, einen klaren Gedanken zu fassen. Es mußte ja nicht Vera sein, die dort ausgestiegen war. Ebenso konnte es jemand aus der Nachbarschaft gewesen sein. Vielleicht hatte das Taxi durch Zufall dort gehalten; immerhin war kein Fahrgast mehr zu sehen gewesen.

Ich beschloß, den Einbruch der Dunkelheit abzuwarten. Würde Licht im Haus brennen, wäre alles klar. Ich rief Linda an, schob einen unerwarteten Geschäftstermin als Ausrede vor: Warte nicht auf mich, mein Schatz, es könnte spät werden.
Danach ging ich etwas essen. Später kamen mir Bedenken. War aus Lindas Stimme Mißtrauen herauszuhören gewesen? Hatte sie meine Ausrede erkannt und vermutete sie nun eine Affaire mit einer anderen Frau? Ich rief sie wieder an.
Ich habe Sehnsucht nach dir. Ich komme nachher doch noch vorbei! Nein, sie hatte keinen Verdacht geschöpft. Ich kehrte zum Haus zurück.
Kein Licht, kein Lebenszeichen! Ich stellte den Wagen in einer Seitenstraße ab und näherte mich dem Grundstück von hinten. Alles war so, wie ich es hinterlassen hatte. Der Garten war längst verwildert, auf der Terrasse lagen einige Gerätschaften herum, die Gartenmöbel waren aufgestapelt und mit einer Plane abgedeckt. Ich schlich am Zaun entlang und die Garagenauffahrt hinauf. Vorsichtig öffnete ich die seitliche Eingangstür zur Garage und holte mir die beiden Koffer heraus. Dann ging

ich, hastig und ohne einen Blick zurückzuwerfen, davon. Wie der Vorgarten, wie die Vorderfront des Hauses bei meinem letzten Besuch aussahen, weiß ich kaum noch. Ich habe mein Besitzrecht daran abgestreift, abgegeben an meine Nachfolger, die sich von selbst einfinden werden...

Ich verstaute mein Gepäck im Kofferraum des Wagens und fuhr in die Stadt zurück. Ich schlug aus Gewohnheit den Weg zu Linda ein, bis mir einfiel, daß Vera sie benachrichtigt haben könnte. Wohin also? Ich traute mich in kein Hotel, als sei bereits eine Großfahndung nach mir angelaufen. Ich bog nach Süden ab, um auf die Autobahn und aus der Stadt herauszukommen. Weit draußen nahm ich eine Ausfahrt. Vor Müdigkeit konnte ich die Augen kaum mehr offenhalten. In einem kleinen Gasthof, irgendwo im Voralpenland, brannte noch Licht. Ich bekam ein Zimmer.

Am Samstag überquerte ich die Grenze nach Österreich, bevor man – so hoffte ich – nach mir zu suchen begann. Am Montag telefonierte ich mit dem Reisebüro in München. Ich gab an, auf Geschäftsreise zu sein, und man versicherte mir, daß ich die Maschine nach Kiev auch bei der Zwischenlandung in Wien besteigen könne. Ich atmete auf.

Den ganzen Montag und Dienstag fuhr ich quer durch Österreich, darauf bedacht, die östliche Richtung einzuhalten und mich ohne Eile dem Wiener Flughafen Schwechat zu nähern. Sooft es ging, hielt ich den Wagen an und ging von der Straße weg in die Felder hinein. Wenn es meine Kraft zuließ, auch ein Stück die Flanke eines Berges hinauf. Ich ruhte mich aus und versuchte, die Aufregung der letzten Tage zu überwinden. Trotz meiner Erschöpfung, erwog ich eine Nacht im Freien zu verbringen, um die Tauglichkeit meiner Ausrüstung zu testen. Aber ich verwarf den Plan, die kalten Nächte im Gebirge waren nicht mit dem gemäßigten Klima der Ukraine zu vergleichen.
Langsam läßt die Anspannung nach, die zweifellos die Ursache meiner neuerdings verstärkten Schmerzen ist.

Gestern abend passierte dann etwas, weswegen ich heute beinahe mein Flugzeug verpaßt hätte. Den Tag über war ich auf abseits gelegenen Nebenstraßen gefahren,

gegen fünf Uhr nachmittags gelangte ich wieder auf die breite Fernstraße, die ich morgens verlassen hatte. Noch hundert Kilometer bis Wien. Ich beschloß, mir für die letzte Nacht hier draußen einen Gasthof zu suchen; wenn ich frühmorgens aufbrach, würde ich rechtzeitig zum Flughafen gelangen.
Ich wollte mir etwas Besonderes gönnen und brauchte über eine Stunde, bis ich ein gepflegtes kleines Hotel ausfindig gemacht hatte, wo ich mir ein Zimmer nahm. Im Empfangsbereich herrschte gedämpftes Licht; der Angestellte beugte sich beim Sprechen weit über den Tresen vor, um meinem Ohr näher zu sein. Einer heiligen Handlung gleich zelebrierte er die Übergabe des Zimmerschlüssels.
Dieses Empfangsritual kenne ich aus so vielen Hotels, in denen ich übernachtet habe. Eine internationale Allianz von Bediensteten sorgt dafür, daß es zumindest mir immer als Gnade erschienen ist, in ihren Häusern nächtigen zu dürfen, ohne mehr als eine großzügige Bezahlung als Gegenleistung erbringen zu müssen.
In meinem Zimmer legte ich mich aufs Bett. Ich hatte Hunger, konnte mich aber

nicht aufraffen, hinunterzugehen und etwas zu bestellen. Seit zwei Tagen hatte ich nun in den alpenländischen Gasthöfen entlang der Landstraße gegessen: Meine Lust auf gutbürgerliche Küche war dementsprechend gering. Aber irgendwann raffte ich mich auf, duschte und ging hinunter. Ich setzte mich in der vorderen Gaststube an einen freien Tisch, um der distinguierten Atmosphäre zu entgehen, die sich in der für meinesgleichen reservierten Räumlichkeit sicherlich fortgesetzt hätte. Lieber sah ich den Einheimischen beim Kartenspiel zu.
Weiter hinten war durch eine Schiebetür mit gelben Milchglaseinsätzen eine zweite Abteilung vom Raum abgetrennt. Von dort kam der Lärm, den ich vorhin schon im Flur gehört hatte. Es wurde gelacht und mit den Gläsern angestoßen, alle schienen gleichzeitig zu reden. Hin und wieder wurde die Tür ein Stück weit geöffnet, eine Bedienung kam heraus oder ging, mit einer neuen Runde Bier, wieder hinein.
Gleich nach dem Essen wollte ich einen Rundgang durch den Ort machen. Auf dem Weg zur Terrasse geriet ich erneut in den langen Flur. Die Tür, die von dort in das Hinterzimmer führte, stand zum Lüften

weit offen. Ich warf im Vorbeigehen einen Blick in den verräucherten Raum und war bereits einige Meter weitergegangen, als ich mit meinem Namen angerufen wurde: Hans! Ich stockte kurz, ging weiter. Mein Allerweltsname! Sicher war jemand im Raum gemeint gewesen. Rasche Schritte hinter mir, eine Hand legte sich auf meine Schulter:

Du bist doch Hans...?

Eine kunstvoll konservierte, platinblonde Schönheit stand mir gegenüber.

Ich überlegte, wie ich unter höflich-distanziert-heuchelndem Nichterkennen aus der Sache herauskommen könnte und sagte statt dessen: Gertrud?

Im Bruchteil einer Sekunde hatte die Frau ihre Arme ausgebreitet, brach in ein Freudengekreisch aus und hing an meinem Hals.

Gertrud. Ich fragte mich, wie ich auf diesen Namen gekommen war. Da schoß es mir mit einem heißen Schrecken in die Glieder: meine Güte... der Termin, der Ort! Natürlich, ich war durch einen schier unglaublichen Zufall in dieses Klassentreffen hineingeraten, zu dem man mich vor Wochen eingeladen hatte.

Ich hatte keine Wahl, ich mußte mitspielen. So gut es ging, vermied ich bei den weiteren Begrüßungen den Austausch körpernaher Herzlichkeiten. Ich erfuhr, daß man sich bereits am Mittag getroffen hatte und gegenwärtig beim festlichen Höhepunkt des Tages angelangt war. Ich geriet von einer peinlichen Verlegenheit in die nächste: kein Name, kein Gesicht, an das ich mich hätte erinnern können. Ich verband nichts mit den Anekdoten, die zur Sprache kamen, und nur mühsam fielen mir die Namen einiger Lehrer ein.
Man kümmerte sich nicht um meine Befangenheit, ich befand mich in einem Strudel von Fragen und Erzählen, alle waren nur begierig darauf, ihre Lebensgeschichten loszuwerden. Was hatte man erreicht, wieviel Kinder, Frauen, Scheidungen, Häuser, Eigentumswohnungen; wer fuhr den größten Wagen: Gehört dir etwa die Luxuskarosse vor der Tür – auch das hatte irgendwer bereits ausgespäht; am liebsten hätte ich es abgestritten, aber wessen Auto sollte außer meinem ein Münchener Kennzeichen tragen...
Was brachte diese Menschen dazu, sich einen ganzen Tag lang als beste Freunde zu

geben? Wie schnell und gründlich hatte man sich nach dem Abitur aus den Augen verloren, gerade weil man bereits damals nichts als das Klassenzimmer miteinander gemein gehabt hatte.
Welche Augenwischerei! Trotzdem machte ich mit. Zuerst hatte mich der Anstand dazu gezwungen, später blieb ich, ohne darüber nachzudenken. Gertrud kam neben mir zu sitzen. Wir hatten etwas miteinander gehabt, noch während der letzten Prüfungen. War es die Sentimentalität des bevorstehenden Abschieds, die uns damals einander nähergebracht hatte? Jedenfalls war die Sache nach dem Beginn meines Studiums in München schnell im Sande verlaufen.
Nun machte sie Anstalten, eine Art Vergangenheitsbewältigung anzustellen. Sie hätte es schwer gehabt damals, allein, mit einem Kind. Ein Kind? Hatte ich ihr ein Kind gemacht?
Ich hatte bereits eine Menge getrunken, Sekt zum Anstoßen, einige Biere, ein paar Schnäpse. Ich konnte ihren Worten nicht mehr ganz folgen.
Nein, ich brauche nicht irritiert zu sein, sie hätte damals gleich nach der Matura eine

Affaire gehabt – mit einem viel älteren Mann.
Ich verstand die Andeutung: Das hieß, daß sie mir nicht nachgetrauert hatte, daß sie durchaus in der Lage gewesen war, sich angemessenen Ersatz für mich zu beschaffen. War das nötig, daß wir uns hier nach zwanzig Jahren in solch boshaften Zweideutigkeiten ergingen.
Du phantasierst, beruhigte ich mich. Nichts hat sie dir eben erzählt, als wie es ihr ergangen ist. Ich begann sentimental zu werden und erzählte meine Geschichte mit Vera.
Jaja, so kann es gehen, hörte ich die Platinblonde und konnte mit meinen Augen eben noch ein Lächeln einfangen, das in der Mitte zwischen charmant und abgebrüht liegen sollte. Mein Gott, was führten wir da überhaupt für ein peinliches Gespräch? In der Nähe sitzende Leute sahen zu uns herüber, man verstand, was vor sich ging. Aha, sagten ihre Blicke, da sind zwei, die müssen erst einmal ihre Vergangenheit ins reine bringen. Ich schloß kurz die Augen und stellte fest, daß alles sich drehte. Ich war bereits betrunken.
Du mußt Schluß machen, ermahnte ich mich. Ich hatte starke Schmerzen im Bauch

und beschloß, mir von oben eine Tablette zu holen.

Hans, du willst doch nicht etwa schon gehen?

Nein, nein, bin gleich wieder da...

Alles weitere steht mir nur schemenhaft vor Augen. Ich nahm die Tablette und ging nicht mehr hinunter, legte mich vielmehr mit der Absicht, einen kurzen Moment auszuruhen, auf das Bett. Ich mußte eine Zeitlang geschlafen haben. Als ich aufwachte, war es dunkel im Zimmer; es fiel mir sofort auf, da ich sicher wußte, daß vorher das Deckenlicht gebrannt hatte. Die Vorhänge waren geöffnet, und ein fahles Mondlicht machte die Konturen der Möbel sichtbar.

Jemand war im Zimmer. Undeutlich sah ich das helle Haar der Frau. Sie lehnte an einem Sessel und sah mich an; obwohl mein Gesicht im Schatten lag, hatte ich das Gefühl, als fixiere sie meine Augen. Ich wartete noch einen Moment, um richtig wach zu werden, dann rührte ich mich, gab mich zu erkennen.

Und wenn das Kind doch von dir gewesen ist, begann sie.

Ich lag still; ich war nicht überrascht, nicht

darüber, daß sie mir gefolgt war, auch nicht, daß sie diesen Satz ausgesprochen hatte. Bei meinem plötzlichen Aufbruch hatte ich das vorhergesehen; um es geschehen zu machen, hatte ich aufbrechen müssen. So also verkettet sich Zufälliges mit Determination, dachte ich. Mein Wegzug aus Wien mit dem Kind, meine Flucht dorthin zurück mit dem Zusammentreffen mit meiner Vergangenheit. Und ich dachte, daß das ganze Leben, alles Gegenwärtige sich immer auf dem Früheren aufbaut, ganz gleich, wie sehr man versucht, immer wieder alles von sich abzuschütteln und von vorne zu beginnen.

Was nach diesem Satz geschehen ist, weiß ich nicht. Ich erinnere den Schatten der Frau, den dunkelroten Schimmer ihres Kleids, das sie langsam aufknöpfte, das fahle Weiß ihrer entblößten Brüste im Licht des Mondes. Oder wollte ich es nur so, bilde es mir bloß ein?

Ich versuche, mich an meine Erwiderung auf ihre ersten Worte zu entsinnen. In meine krampfhafte Konzentration schieben sich immer wieder Bilder eines heftigen Liebesakts. Ist da wirklich etwas gewesen, habe ich sie gepackt und auf das Bett

geworfen und... Diese Phantasiegebilde, von denen ich nicht sagen kann, wieviel Wahrheit sie enthalten...
Nein, ich weiß nichts mehr. Alles ist Spekulation, alles zerfällt zu Bruchstücken; im nachhinein stellt sich mir mein Leben dar als eine Konstruktion beliebig aneinander gereihter Teilstücke, die ebenso beliebig gegeneinander ausgetauscht werden könnten. In meiner Erinnerung an das, was gewesen ist, klaffen Lücken, die ich nicht mehr zu füllen weiß. So baue ich mir neu zusammen, wo Stückwerk nicht mehr zueinanderpaßt.

Irgendwann muß ich eingeschlafen sein. Als ich aufwachte, war es halb acht. Ich fuhr aus dem Bett, war mit einem Schlag hellwach. In zweieinhalb Stunden ging in Wien meine Maschine. Ich hatte keine Sekunde zu verlieren. Ich hastete ins Bad, zog mich an, packte die wenigen Sachen, die ich hervorgeholt hatte, in den Koffer zurück. An der Rezeption hatte ich es mit einem anderen zu tun als am Abend zuvor. Ich hätte fast meine Fassung verloren, soviel Zeit ließ sich der Mann mit dem Ausstellen meiner Rechnung. Danach eilte ich im Laufschritt

zu meinem Wagen, wuchtete den Koffer hinein und raste los.
Ruhig, ermahnte ich mich. Es war zehn Minuten vor acht, ich hatte genug Zeit für die achtzig Kilometer zum Flughafen. Ich schaffte die Strecke. In Schwechat stellte ich den Wagen in das Langzeitparkhaus. Es wird Wochen oder Monate dauern, bis man ihn dort entdecken wird. Am Flugschalter gab es keine Probleme. Meine Buchung war ordnungsgemäß registriert, und ich erhielt meine Tickets wie gewünscht. Wurde ich noch immer nicht gesucht? Ich konnte es mir kaum vorstellen. Seit Tagen hetzte ich auf der Flucht durch das Land, dabei waren offensichtlich meine Verfolger nicht einmal aufgebrochen.
Auch die Ausweiskontrolle passierte ich anstandslos. Ich bestieg das Flugzeug wie unzählige Male zuvor. Jetzt sitze ich da, angeschnallt, die Zeitung auf dem Schoß. Ich überdenke die letzten Tage, das Chaos, das sich in meinem Kopf abgespielt und nun wieder gelegt hat. Der unscheinbare graue Anzug, die dezente Krawatte, diese Uniform der Geschäftsreisenden in aller Welt, macht mich unkenntlich gegenüber meinen Mitreisenden. Ich bin noch einmal

einer von vielen, zwischen denen ich unerkannt untertauchen kann. Ich esse etwas, nehme sogar ein paar Schlucke von dem Wein, den die Stewardeß angeboten hat. Bald wird die übliche Ansage über den Bordlautsprecher kommen: die Sitze senkrecht stellen, das Rauchen einstellen... Dann landen wir.

# III.

*Ende Mai, Kiev*

Am Rand von Kiev befindet sich eine heruntergekommene Busstation, zu der ich endlich, nach langem Umherirren finde. Neben der Straße stehen Baumstämme, die einmal Bäume gewesen sind. Dort, wo die Krone beginnen müßte, kommt nichts mehr; nur spärlich sprießt junges Grün an einigen zarten Ästen. Die Anlage ist weitläufig und mit mehreren Haltesteigen angelegt, sie wurde für viele Menschen gebaut.

Wer fährt noch nach C.? C. war eine Stadt. Pripjat auch. Städte, die es nicht mehr gibt, die zu weißen Flecken auf der Landkarte geworden sind. Immer mehr solcher weißer Flecken gibt es in der Ukraine. Menschen, die aus diesen Städten zum Einkaufen nach Kiev kamen, haben diese Busstation einmal bevölkert. Jetzt stehen noch zwei Busse auf dem Gelände. Ein alter, mit blinden Fenstern und einem platten Rei-

fen, ein zweiter, der ähnlich heruntergekommen, jedoch fahrtüchtig ist. Ich sehe auch zwei oder drei Menschen bei dem einzigen Fahrkartenschalter, der noch geöffnet hat.
In der Telefonzelle bleibt der Apparat stumm, die Scheiben sind eingeschlagen und verdreckt. Oberhalb der Telefonzelle endet nach wie vor die Telefonleitung, aber zwischen den Masten hängen die Drähte schlaff herunter.
Von hier aus hätte ich noch einen Anlauf zur Rückkehr unternehmen können. Ich hätte am Telefon die Stimme eines Menschen gehört, den ich einmal geliebt habe: Veras oder Lindas Stimme oder die der blonden Frau, deren Namen ich schon vergessen habe.
Was hätten wir uns zu sagen gehabt in den wenigen Augenblicken der telefonischen Verbindung? Jedenfalls nichts von Bedeutung. Klagen, Schrecken, Schreie: Hans, um Gottes willen, wo bist du? Ich hätte mich rechtfertigen, ich hätte an einem Punkt beginnen müssen, den ich längst hinter mir gelassen habe, zu dem ich nicht mehr zurückkehren will. Aber wozu spekulieren. Das Telefon funktioniert nicht einmal.

Die ersten Nächte verbringe ich in dem Hotel, das ich vor Antritt der Reise buchen mußte. Ohne Hotelreservierung wäre mir die Einreise verweigert worden. Am Morgen breche ich zu einem ersten Spaziergang durch Kiev auf. Die Straßen sind voller Menschen. Ich bilde mir eine gereizte Unruhe, eine Art vorrevolutionärer Stimmung ein, von der in den vergangenen Wochen in unseren Zeitungen zu lesen war. An viele Revers sind kleine blau-gelbe Blechwimpel geheftet, die Farben der ukrainischen Volksfront, die für eine Abspaltung ihres Landes von der Sowjetunion kämpft. Einmal sehe ich von weitem eine größere Menschenansammlung. Die Menschen stehen vor einem düsteren Bau aus großen unbehauenen Granitquadern; viele schwenken selbstbewußt diese blaugelben Fahnen. Mögen solche Demonstrationen zum Alltag der Stadt gehören, ich meide sie und biege in die nächste Querstraße ab.

Später treffe ich auf einen großen Platz im Zentrum. In der Mitte, unübersehbar, eine riesige Leninstatue, zu der eine monumentale Freitreppe hinaufführt. Daneben eine neoklassizistische Säulenhalle, für die ihre

Erbauer deutliche Anleihen aus dem kapitalistischen neunzehnten Jahrhundert genommen haben. Zahllose Menschen bevölkern den Platz. Man schlendert umher, genießt die Sonne und das schöne Wetter. Die Freitreppe, wenn sie schon nicht mehr dem Hinaufsehen, Hinaufschreiten zum Staatsgründer dient, so lädt sie doch ein zum Hinsetzen und Ausruhen. Niemanden interessiert mehr die Ästhetik des Springbrunnens, der, in gerader Achse von Treppe und Denkmal errichtet, zugleich der Mittelpunkt der Anlage ist; sein Wasser ist kühl, die Kinder haben ihr Vergnügen beim Herumplanschen.

Abends wird dieser Platz ausgestorben sein, menschenleer und riesengroß. Er ist geplant und gebaut, er wird bewohnt, und er wird verfallen im Zeichen einer Ideologie; von den Menschen wird er vorübergehend benutzt, in Ermangelung von etwas Besserem; in seiner Leblosigkeit gleicht er ähnlichen Anlagen überall auf der Welt.

Ich spaziere auf den weitläufigen Uferpromenaden am Dnjepr entlang. Träge fließen die gewaltigen Wassermassen. Das Wasser ist sehr dunkel, fast schwarz. Auf mich wirkt es bedrohlich. Nur wenig über hun-

dert Kilometer von hier entfernt mündet das Flüßchen Pripjat in den Dnjeprstausee. Der Pripjat fließt in Sichtweite am Reaktor von C. vorbei. Damals nahm er die große Menge hochradioaktiven Löschwassers auf und spülte sie flußabwärts in den Stausee. Noch heute ist hier in Kiev, wenige Meter von mir entfernt, der Ufersand verseucht – die Grenzwerte in dem Land, aus dem ich komme, wären um ein Vielfaches überschritten.
Doch nur einen Meter neben dem Wasser stehen die Angler, die ihren Fang täglich auf dem freien Markt verkaufen. Mittlerweile weiß man um die Gefahr, die damit verbunden ist; das Überleben geht einher mit einem Zynismus, der unserem Zeitalter angemessen ist: Man ißt den Fisch in Ermangelung von etwas anderem...
Ich bin am Rhein großgeworden. Ich wußte als Kind, daß das Wasser zu dreckig war, um darin zu baden, geschweige denn es zu trinken. Der Rhein war, solange ich denken kann, eine Kloake, der Tiber ist es schon im alten Rom gewesen. Die Menschen sind selten gut mit ihren Flüssen umgegangen, mit dem Wasser, das sie zum Leben brauchten, das ihnen aber ebenso ihren Abfall aus den

Augen schaffte, leicht und mühelos, solange es nicht zuviel wurde.
Alles hat sich verändert. Es sind nicht mehr die Gifte, auch die stinkenden Fäkalien, derer wir uns zu erwehren haben. Der Dnjepr versorgt die Millionenstadt Kiev seit ihrer Gründung und bis zum heutigen Tag mit Wasser. Kontamination kann man nicht riechen.
Durch Kiev fahren noch jetzt an heißen Tagen die Reinigungsfahrzeuge. Sie befeuchten die Straßen, Gehsteige und Grünanlagen, um wenigstens einen Teil des staubfeinen Sandes zu binden, den die Menschen mit der Luft einatmen. Sand, der mit dem Wind aus dem Sperrgebiet herausgetragen wird; alter Mutterboden, der seit Generationen für die Fruchtbarkeit dieser Landschaft gutsteht, und hauchfeiner Betonstaub, der mit dem Kondenswasser durch Spalten und Haarrisse den Sarkophag verlassen hat. Langsam bricht und bröckelt der Betonmantel um die Kraftwerksruine auseinander, gibt der sandige Untergrund nach, der die Last des menschlichen Unvermögens nicht länger zu tragen vermag.
Doch solche Gedanken bewegen mich nur

am Rande. Dies ist mein erster Ferientag. Noch spiele ich den Touristen, schlendere durch die Straßen der Stadt und lasse die neuen Eindrücke über mir zusammenstürzen. Ich genieße das Fremde, das mich umspült und mir so fern ist. Diese Tage hier sind Zwischenstation auf einer Reise, deren Ziel mir nur ungenau geläufig ist. Wie vorgesehen, werde ich meine Zeit in Kiev verbringen. Zum Zeitpunkt des Abflugs werde ich verschwinden. Vielleicht werde ich gegen den Fluß nach Norden fahren, mit dem Auto oder mit einem der alten Busse, die ich an der Endstation stehen sah. Vielleicht breche ich zu Fuß auf. Die kaum hundert Kilometer bis zum Rand der Zone könnten in wenigen Tagen zu schaffen sein. Ich muß meine Kraft schonen und setze mich, wenn es sich anbietet, auf die Bänke in den Parkanlagen der Stadt. Ich beobachte meine Schmerzen, mit denen ich mich arrangiert habe. Stundenweise schwellen sie an – nicht gerade bis zur Unerträglichkeit, aber doch so, daß sie mich mehr als alles andere beschäftigen –, dann verschwinden sie beinahe, bis ich nach einiger Zeit das regelmäßige, herzschlagähnliche Pochen im Bauchraum wieder wahrzunehmen beginne. Auf den Bänken in der warmen Maisonne vergeht der Schmerz manchmal. Ich lehne mich zurück, schließe die Augen und strecke die Beine aus, entspanne mich vollkommen. Dann spüre ich wie als Kind den Bewegungen nach, die meine Augen durch die geschlossenen Lider hindurch wahrnehmen; dem Wechsel von Licht und Schatten, wenn ein Auto oder ein Passant vorüberkommt; dem Brennen der Sonne auf meiner Kleidung.

Dort sitze ich und freue mich am langsamen, allmählichen Vergehen der Zeit. Ich beobachte, wie eine kleine Pfütze austrocknet, die der Nachttau hinterlassen hat; immer schneller strebt der Rand dem Mittelpunkt entgegen, bis am Ende nur noch ein feuchter Fleck übrig ist, der im Moment seines Entstehens schon verblichen ist. Ich sehe den Menschen bei ihren Geschäften zu, der Geschäftigkeit des Alltags, die mir so leicht und beschwingt erscheint, jetzt, da ich an ihr nicht teilzunehmen brauche. Wie schön ist das Einerlei des Normalen!

Sorglos verlebe ich diese Tage in Kiev und fühle mich, als hätte ich als erster die Freuden des Nichtstuns entdeckt. So könnte es weitergehen, denke ich und weiß doch, daß gerade ihre Übergangsfunktion den besonderen Reiz dieser Tage ausmacht, da sich langsam der Schatten des Zukünftigen auf mein Gesicht zu legen beginnt. Die letzten Abende verbringe ich in der gepflegten Umgebung der Halle oder der Bar des Hotels, betrachte die anderen Gäste, die den Standard dieses einstmals luxuriösen Hotels heruntergekommen nennen, und plane meinen Ausstieg aus der Zivilisation. Noch drei Tage.

# IV.

Irgendwann bin ich angelangt. Nach Tagen voller Mühsal und Unrast. Nachdem ich das Ziel fast aus den Augen verloren, die Hoffnung auf Ankunft beinahe aufgegeben hatte. Eine Flucht, auf der ich von nichts anderem als meiner inneren Uhr verfolgt war. Wie groß das Gewicht des Sandes ist, der das Nadelöhr des Stundenglases bereits durchlaufen hat.
Ich kam nur langsam voran. Ich nahm Umwege in Kauf, weil ich mich im Schutz von Gebüschstreifen und unwegsamen Waldstücken sicherer fühlte. Ich vermied Wege und Trampelpfade. In deren weichem Schlamm hätten meine Gummistiefel deutliche Fußabdrücke hinterlassen, wäre das westliche Firmenemblem an der Sohle auf Monate hinaus zu verfolgen gewesen, wenn der Morast erst einmal getrocknet und erstarrt wäre. Statt dessen kroch ich durch riesige Weizenschläge, immer in der

Furcht, von einem tieffliegenden Pestizidflugzeug oder dergleichen entdeckt zu werden.

Ich begegnete keiner Menschenseele. Das Land war wie ausgestorben. In all der Weite kein einziges Mal nur die Silhouette eines menschlichen Körpers, selten einmal ein landwirtschaftliches Fahrzeug oder ein Lastwagen, der eine Staubwolke aufwirbelte und leises Motorengebrumm herüberschickte. Doch soweit ich sehen konnte, wurde der Boden bewirtschaftet, war von unsichtbaren, aber allgegenwärtigen menschlichen Händen kultiviert. Die Eintönigkeit des Landes ist von unbeschreiblicher Schönheit. Die riesigen Kornfelder: Anfang und Ende liegen hinter dem Horizont. Dazwischen verlaufen bis in alle Ferne die Knicks, künstlich angelegte Reihen aus kleinen Bäumen und dichtem Gebüsch, die die Winderosion im Frühjahr verhindern sollen.

Einige dieser Hecken mußte ich auf meinem Weg passieren. Beim ersten Mal scheiterte ich an der undurchdringlichen, wildwüchsigen Dichte dieses wenige Meter breiten Urwaldes, der keinen Durchlaß freigab. Später fand ich einen ausgetretenen, schmalen Pfad, auf dem wahrscheinlich das Wild auf die andere Seite wechselt. An dieser Stelle durchquerte ich, auf dem Bauch kriechend, die kleine Wildnis; einmal hielt ich inne und drehte mich auf den Rücken, um auszuruhen. Da hörte ich plötzlich die rege Lebendigkeit, das Summen und Surren, das Knacken, Krabbeln und Wuseln, von dem das Unterholz erfüllt war. Ich blickte in das dunkle, grüne Gewirr hinauf und sah dem Tanz der Sonnenstrahlen zu, die an wenigen Stellen einen Weg durch das Blätterdach fanden. Mücken fielen über mich her, und ich kühlte die frischen Stiche mit der feuchten, kalten Erde, die an meinen Händen klebte. Ich grub meine von Brennesseln schmerzenden Hände in das schwarze, weiche Erdreich, roch dessen Duft von meinen Fingern weg und erinnerte mich dabei an den Geruch der frischgepflügten Äcker im Herbst. Langsam näherte ich mich der Natur, dem Boden, der Erde.

Abends stand die Sonne bereits weit im Westen. Kurz bevor sie unterging, erlebte ich für den Moment eines Augenzwinkerns, wie das Sonnenlicht von der Ebene – einer Totalreflexion ähnlich – zurückgeworfen

wurde und alles in einem kornfeldergelben Blinken lag. Für eine winzige Sekunde glaubte ich, an der äußersten Grenze des Horizonts einen in glühendem Rot strahlenden Gebäudekomplex zu sehen. Dann versank die Landschaft in dem grauen, farblosen Licht der Dämmerung.
Erst mit fortschreitender Dunkelheit wagte ich mich aus dem Schutz meiner Deckung hervor. Ich streckte mich und machte einige Lockerungsübungen. Vom dauernden Bücken und Kriechen, von der permanenten Anspannung waren alle Muskeln verkrampft. Danach kam ich in den wenigen Stunden bis gegen Mitternacht schneller und weiter voran als den ganzen anstrengenden Tag über. Als ich vor Entkräftung nicht mehr weiterkonnte, richtete ich dort, wo ich stand, mein Schlaflager her. Ich rollte den Schlafsack auseinander, benutzte den Rucksack als Kopfkissen und war sofort eingeschlafen.
Ich wachte gegen sechs Uhr früh auf, als die Sonne bereits aufgegangen war. Mein Gepäck war an der Außenseite tropfnaß, selbst die Kleidung, die ich im Schlafsack getragen hatte, war feucht und kalt. Ich hatte die Taubildung unterschätzt. Die

Sonne wärmte noch nicht richtig, und ich fror. Nach dem Frühstück – mein Proviant war fast zu Ende, weil ich ihn wegen des Gewichts knapp berechnet hatte – überprüfte ich sorgfältig meine Marschrichtung. Mit der Straßenkarte, dem einzigen Standardwerk dieser Art, die ich in aller Eile in München besorgt hatte, war nicht viel anzufangen. Bei einem Maßstab von eins zu zwei Millionen hatte ich mich von Kiev um kaum mehr als die Breite eines Fingernagels entfernt. Nicht einmal einen Kompaß hatte ich bei mir. Also bestimmte ich mit Hilfe meiner Armbanduhr die Himmelsrichtung. Ich erinnerte mich an einen alten Kindertrick: Man richtet den Stundenzeiger gegen die Sonne; die Achse, die das verbleibende Teilstück bis zur Zwölf halbiert, zeigt genau nach Süden. Ich fand heraus, daß ich zu weit nach Westen abgekommen war, und änderte meinen Weg. Später fiel mir ein, daß meine Uhr auf die Sommerzeit eingestellt war; ich wiederholte und verbesserte meine Peilung noch einmal.

Wann immer ich von jetzt an zu einem Umweg durch ein natürliches Hindernis oder eine Ortschaft gezwungen war, vergewisserte ich mich zuerst der Himmelsrichtung. Die Symmetrie der Felder, nach der ich mich richten zu können glaubte, ist trügerisch. Ein Feldrain, der schnurgerade bis zum Horizont zu verlaufen scheint, beschreibt vielleicht in Wirklichkeit in der Deckung einiger Bodenwellen einen leichten Bogen und bringt mich unmerklich, von Mal zu Mal mehr, von meinem Kurs ab. Doch je länger ich unterwegs war, desto besser fand ich mich zurecht. Ich lernte das Gelände einzuschätzen, Hindernisse zu erkennen und zu umgehen, bevor ich von ihnen aufgehalten werden konnte.

Trotzdem waren es wahrscheinlich vier Tage, die der Weg von der Stadt Kiev bis in das Sperrgebiet beanspruchte. Über die genaue Zeitspanne bin ich mir nicht im klaren. Ich weiß zwar, wann ich die Grenze, die administrativ festgelegte Linie zwischen der verseuchten und der nichtverseuchten Welt überschritten habe. Aber diese Linie ist wenig mehr als eine willkürliche Festlegung, eine Geste der Sowjetmacht, mit der verantwortungsvolles Handeln vorgetäuscht werden sollte. Die Zone beginnt schon vorher.

Ich glaube, daß es am Morgen des dritten Tages war, als ich zum letzten Mal an einem bewohnten Dorf vorüberkam. Die Ansammlung weniger Häuser, eher ein Weiler als ein Dorf, machte einen gepflegten Eindruck; die Gebäude – aus hellroten Ziegeln errichtet, die Fugen sauber gearbeitet und weiß gestrichen – leuchteten weithin über das Land. Offensichtlich war hier noch jemand zu Hause, auch wenn ich keinen der Bewohner sehen konnte. Die Ortschaft lag etwas rechts von meinem Weg, so daß ich keinen Umweg machen mußte, sondern nur etwas genauer auf gute Deckung achtete. Als ich später ein gutes Stück nach Norden vorangekommen war, fiel mein Blick zufällig durch eine Lücke zwischen den Hecken zurück. Ich war seltsam überrascht: die Ansiedlung, auf die ich zurücksah, war alt und verfallen, das Mauerwerk unter dem abbröckelnden grauen Putz rissig und schadhaft. In den Dächern waren große Löcher, deutlich war darunter selbst auf diese Entfernung das Gebälk zu erkennen. Ich war beunruhigt. Als ob ein unsichtbarer Sturm nach Süden hin über das Land gefegt wäre und nur die Nordseiten der Häuser in Mitleidenschaft gezogen hätte, dachte ich. Zur

Sicherheit unternahm ich eine weitere Überprüfung der Himmelsrichtung.
Seitdem weiß ich, daß ich auf dem richtigen Weg bin. Ich bin keinem menschlichen Wesen mehr begegnet, die Anzeichen, die auf die Anwesenheit von Menschen schließen lassen, werden immer seltener. Je weiter ich komme, desto stiller wird das Land. Je einsamer ich werde, desto größer wird meine Freiheit, die letzten gedanklichen Brücken, die mich noch mit der Zivilisation verbunden haben, schwinden. Leise wuchern die Hecken, breiten sich vorsichtig nach allen Seiten hin aus; die Saatreihen der Kornfelder verlieren ihre Geradlinigkeit, hier und da wachsen mannshohe Disteln und wunderbare blaue Blumen, Kornblumen, über die Ähren hinaus; die Feldwege werden schmaler, selbst durch den lehmharten Boden der Fahrspuren bricht das Gras. Ich finde hüfthohe Wiesen, strohgelbe, langstielige Gräser, durch die ich hindurchwate. Ich kauere nieder und spüre ihren Bewegungen nach, wenn ein leichter Wind über sie hinwegstreicht: ein feines, weiches Schwingen, fast lautlos, nur zuweilen von einem Gewisper unterbrochen, wenn die Spitzen der Halme einander berühren.

Ganz anders sind die kräftigen Wellenbewegungen des Korns, dessen Aufrauschen eher einem Kampf als einem Spiel mit dem Wind ähnlich ist.

In einer frühen Morgendämmerung habe ich ein wunderbares Schauspiel erlebt. Die Sonne war gerade aufgegangen, und ich sah, daß zwischen Gräsern und niedrigen Büschen dicht am Boden eine Vielzahl von Spinnennetzen hing. An den Kreuzungspunkten der Längs- und Querfäden hatte sich der Tau niedergeschlagen, der in der schrägstehenden Sonne funkelte. Ein Spiel des gebrochenen Lichts, der ewig wiederholten Regenbogenfarben in jedem einzelnen der Millionen Wassertropfen fand vor meinen Augen statt, begann in Greifweite meiner Hände, vervielfachte sich und mündete endlich in ein Meer von funkelnden Lichtreflexen.
Nicht immer habe ich nach dem Aufwachen solche Bilder vor Augen; aber jeden Morgen erlebe ich die tauige Frische des neuen Tages, der mich aufweckt und vor sich hertreibt, der meine Unternehmungslust schürt und mich auf meinem Weg voranbringt.

Ich erreichte die Grenze. Auf einem völlig zugewucherten Weg durchquerte ich ein Waldstück, das fast nur aus dichtem Unterholz bestand. Rechts, beinahe von den Zweigen eines Baums verdeckt, bemerkte ich plötzlich ein rechteckiges weißes Schild, von dem die meisten Buchstaben der kyrillischen Aufschrift bereits abgeblättert waren. Daneben erkannte ich gerade noch den schwarzgemalten Umriß einer menschlichen Gestalt, über die hinweg die blaßroten Balken eines Kreuzes gelegt waren.
Ich war erstaunt. Ich hatte zwar kein großes Hindernis erwartet, aber gar nichts, keine eiserne Kette oder Schranke? Nur dieses Schild: Betreten verboten! Welche Verzweiflung kam darin zum Ausdruck. Als hätte man damals versucht, das Unglück und seine Folgen in einen Bannkreis zu verweisen, den es nach Vorstellung der Behörden nicht zu überschreiten habe. Ich überquerte die Grenze, die heute durch die Entwicklung der Ereignisse lächerlich und absurd geworden ist.

Seit einigen Tagen gehe ich mein neues Gebiet ab. Ich frage mich, ob ich noch die Kraft haben werde, alles kennenzulernen. Gestern morgen habe ich die letzten Reste des Proviants, den ich auf meine Reise mitgenommen hatte, aufgegessen. Gegen Mittag meldete sich der erste Hunger, der aber bald wieder verging. Heute wachte ich spät auf und spürte nach den ersten Schritten eine zittrige Schwäche in Armen und Beinen. Ich setzte mich mit dem Rücken an einen Baumstamm, atmete tief durch, versuchte mich zu entspannen. Ich überdachte meine Situation. Ich hatte einfach vergessen, mir über meine Ernährung Gedanken zu machen.

Den ganzen Tag sitze ich an den Baum gelehnt in der Sonne und döse vor mich hin. Ich genieße die Sonnenstrahlen, die durch die Kleidung hindurch an meinen Körper dringen, ihn in einen Wärmepelz einhüllen. Seit einigen Tagen wärmt mein Körper mich nicht mehr. Selbst wenn ich mich anstrenge und sogar schwitze, spüre ich eine leichte Kälte, ein Frösteln, das direkt unter der Haut sitzt. Hier, in der Sonne, fühle ich mich wohl, lasse meine Gedanken abschweifen und von allein eine

Lösung finden. Ich überlege, ob es nutzbringend sein könnte, einem der verlassenen Dörfer, das ich vor kurzem entdeckt habe, einen nächtlichen Besuch abzustatten. Aber was soll in jenen Häusern, die vor Jahren aufgegeben worden sind, an Brauchbarem für mich zu finden sein. Trotzdem bleibt mir kaum eine andere Möglichkeit. Der Weg hierher hat mich geschwächt, dazu die anderthalb Tage ohne Essen; ich muß dringend zu einer richtigen Mahlzeit kommen.

Ich lasse die Stunden bis zum Abend vergehen, warte, daß die Sonne an den westlichen Himmel zieht, und beobachte, wie sich langsam, kaum wahrnehmbar die Farbtöne des Abendrots ausbreiten, vor denen wenige Kumulanten wie schwarze Tupfer stehengeblieben sind.

So ein wunderbarer Abend. Der Mond ist aufgegangen, gibt ein wenig Licht, wird hin und wieder von vorüberziehenden Wolkenhaufen verdeckt. Ich atme die milde Luft und fühle die einzigartige Schönheit des endlichen Daseins. Den Tag über sind meine Schmerzen zurückgegangen, je mehr ich mich entspannt habe. Zwischen den Baumstämmen tauchen die ersten

Häuser auf. Ich halte den Atem an, als ich über einen Nebenweg ins Dorf komme. Obwohl ich weiß, daß niemand hier ist, der mich entdecken könnte, obwohl sämtliche Türen unverschlossen, alle Häuser frei zugänglich sind, fühle ich mich wie ein Einbrecher. Ich betrete das erste Haus. Stille. Vom Hausgang zweigen mehrere Türen ab. Die erste führt in die Küche. Es sieht ordentlich aus, etwas staubig vielleicht, wie nach einem langen Urlaub. Nur wenige Anzeichen verraten den überstürzten Aufbruch, als binnen weniger Stunden die totale Evakuierung durchgeführt wurde.
Damals funktionierte die sowjetische Verschleierungstaktik noch: Nehmen Sie nur das Notwendigste mit, Wäsche zum Wechseln, Waschzeug, bald dürfen Sie hierher zurückkehren. Dabei ist es geblieben. Den meisten der Evakuierten ist die Heimat bis heute – und für alle Zeiten – vorenthalten worden. Sie wurden in entfernte Teile des Landes zwangsübersiedelt, man machte ihnen eine Rückkehr unmöglich, wenn sie nicht schon von selbst die Folgen der Katastrophe begriffen hatten.
Wenige nahmen sich das Recht heraus, nach Hause zurückzukommen oder viel-

mehr: den Ort ihres Sterbens selber zu bestimmen. Denn es sind die Alten, denen das Sterben wichtiger als das Leben ist, die sich in ihre Dörfer verkrochen haben. Ein paar Hühner und eine Kuh im Stall, leben sie wie zuvor von dem, was in ihren Gärten wächst. Das Schicksal dieser Menschen ist durch die Weltpresse gegangen, natürlich wissen auch die sowjetischen Behörden davon. Vielleicht ist ihr stillschweigendes Gewährenlassen ein Zeichen der allgegenwärtigen Resignation.

In dieses Dorf ist niemand zurückgekehrt. Der Tisch in der Küche ist zum Abendbrot gedeckt, in den Töpfen auf dem Herd klebt am Boden eine schwarze Masse, die einmal das Essen gewesen sein muß. Zwischen den Vorbereitungen zu dieser Mahlzeit und dem darauffolgenden Abendbrot, dem Beisammensitzen der verschollenen Bewohner des Hauses, liegt die Katastrophe von C.. Das Große, Weltbewegende ist über das Kleine, Private hereingebrochen, hat es zerstört und ausgelöscht. Das ist vielleicht die schlimmste Tragik der Ereignisse des April 1986.

Vorsichtig durchstöbere ich die Küchenschränke. Ich finde Salz, Zucker und Mehl, die zu festen Klumpen zusammengebakken, aber anscheinend unverdorben sind. Im Keller entdecke ich einen Vorratsraum, dessen Regale gut gefüllt zurückgelassen wurden. Einige Dosen Konserven mit Erbsen, Bohnen und Tomaten; die werde ich mitnehmen oder später abholen, falls ich nicht alles tragen kann. Außerdem eine große Menge Einmachgläser mit Pflaumen, Kirschen, Gartengurken und mit Pilzen, die in einer öligen Flüssigkeit eingelegt sind und herrlich schmecken. Mein Magen tobt angesichts der vielen eßbaren Sachen. Ich muß mich zwingen, langsam und vor allem nicht zuviel zu essen. Ich fülle meinen Rucksack mit einem kleinen Vorrat und gehe in die Küche zurück. Dort suche ich die Dinge zusammen, die ich zum Kochen brauchen werde. Einen Metallschaber, zwei schwere Kochtöpfe, Eßbesteck und einen Dosenöffner. In die Außentaschen des Rucksacks kommt, sauber voneinander getrennt, Mehl, Zucker und Salz. Im Garten hinter dem Haus suche ich nach ein paar Küchenkräutern, aber das Unkraut hat alles überwuchert. Die Taschenlampe einzuschalten, traue ich mich nicht. Das Licht wäre kilometerweit zu sehen.

Schwerbepackt mache ich mich auf den Weg zu meinem Schlafplatz.
In der ersten Zeit meines Aufenthaltes im Sperrgebiet will ich täglich zu einem Stammplatz zurückkehren. Wenn ich die Gegend besser kenne, wird diese Maßnahme wahrscheinlich überflüssig werden. Ich habe mir einen sicheren Platz mitten in einem Buschdickicht ausgewählt. Das Bett eines kleinen Bachs bildet den einzigen Zugang zu einer Lichtung in dessen Mitte. Niemand wird vermuten, daß sich dort ein Mensch versteckt halten könnte. Das Feuer, das ich mir nachts manchmal anzünde, ist von außen nicht zu sehen, und die dichten Blätter sind Schutz gegen Sonne und Regen.
Diesen Abend, schwer beladen und ohne Licht, wird mir der Rückweg dorthin lang. Auf den letzten fünfhundert Metern im Bach stolpere ich nur noch vorwärts, zweimal schlage ich ins Wasser. Durchnäßt, erschöpft und frierend erreiche ich meine kleine Lichtung. Mit letzter Kraft streife ich mir die Sachen vom Leib und krieche in den Schlafsack.

Kurz bevor ich einschlief, erinnerte ich mich an das Mehl: Bei einem der Stürze ins Wasser konnte es naß geworden sein. Ich tastete im Dunkeln nach dem Rucksack, befühlte die Außentasche, in der das Mehl verstaut war. Sie war feucht. Ich öffnete den Reißverschluß: das Mehl war bröckelig; anscheinend hatte es das Wasser aus dem Stoff aufgesogen. Ich mußte also noch einmal aufstehen, ein Feuer anzünden und den kostbaren Rohstoff gleich verarbeiten.

Wie wird Brot gemacht? Mit vielem habe ich mich irgendwann im Leben beschäftigt; bei meinen ersten Autos (den weniger teuren und komplizierten) konnte ich alleine Öl- und Luftfilter oder Zündkerzen wechseln; im Büro habe ich irgendwann einmal eine Kaffeemaschine repariert; mit ein paar anspruchslosen Gerichten konnte ich mich zu Hause versorgen, wenn Vera auf Reisen war; aber Brotbacken ist niemals nötig geworden, ich kann es nicht.

Ich versuchte mich an Vera zu erinnern, wenn sie am Wochenende Kuchen buk. In einen Rührtopf kam zuerst das Mehl, als nächstes meistens Eier und Milch, danach Zucker und diverse andere Zutaten. Das waren süße Teige, aber im Prinzip mußte es bei einem Brotteig genauso funktionieren. Ich versuchte es. Ich schüttete das klumpige Mehl in den kleineren der beiden Töpfe und nahm aus dem Bach noch etwas Wasser dazu. Ich vermengte und knetete beides zu einem festen Klumpen, fügte dann nach sorgfältiger Prüfung noch etwas Wasser hinzu. Das Massenverhältnis stimmte. Ich gab Salz dazu und probierte. Es schmeckte so undefinierbar, wie es aussah.

Mittlerweile brannte das Feuer, das ich bereits angezündet hatte. Ich scharrte eine flache Mulde frei, deren Boden ich mit Steinen auslegte; den Rand erhöhte und befestigte ich mit einigen größeren Brocken aus dem Bach. Ich formte den Teig zu einem Fladen, den ich auf den Grund meines improvisierten Backofens legte. Drumherum schichtete ich die ausgebrannten, glühenden Holzstücke, quer darüber ein paar belaubte Äste, die die Hitze am Boden halten sollten. Meine Furcht war nicht, daß das Brot an der Außenseite verbrennen würde – die Kruste konnte ich hinterher abschaben –, sondern daß die Hitzeentwicklung nicht ausreichen würde, um den Teig zu

garen. Zur Vorsicht legte ich weiteres Holz auf die Feuerstelle nach, um damit später den Ofen zu versorgen.
Meine Schwäche und Müdigkeit waren verschwunden. Während ich wartete, hängte ich die nasse Kleidung auf, zog mir wärmere Sachen an und öffnete noch ein Glas von den eingelegten Pilzen. Jetzt hatte ich eine Gabel, mit der ich sie aus der öligen Soße fischte – zum ersten Mal seit Tagen benutzte ich wieder eine Gabel. Ich fing an, mich wohlzufühlen.

Ich fange an, mich wohlzufühlen. Niemals vorher hat mir ein einfaches Stück trocken Brot so gut geschmeckt. Meine Freude über diesen gelungenen Versuch kennt keine Grenzen. Ich fühle mich kräftig und ausgeruht, wie seit langem nicht mehr, und während ich durch den Wald streife, denke ich über einen Ausbau meiner Backvorrichtung nach. Der Fladen war an der Außenseite dunkelbraun und fest, innen jedoch etwas zu feucht. Ich brauche eine Konstruktion, mit der ich die Hitze von unten verstärken kann. Andererseits muß der

Bau einer solchen Vorrichtung jederzeit schnell und problemlos zu wiederholen sein, damit ich bei mehrtägigen Ausflügen nicht an mein Lager gebunden bin.
Ich werde aus Zweigen eine Art Gitterrost flechten, den ich über die Mulde lege. Wenn ich das Backwerk mehrmals wende, reicht die Feuerhitze von unten aus. Für das Gitter benutze ich frische Weidenruten, die nicht so schnell zu brennen anfangen.
Es ist, als ob mein Leben noch einmal neu beginnen würde. Jetzt ist der Anfang, den ich mir erhofft hatte, geglückt. Offen, ohne noch auf Deckung zu achten, gehe ich über die Felder. Soll man mich finden, es macht mir nichts mehr aus. Noch einmal spüre ich eine ungehemmte Unternehmungslust, die mich mit sich fortträgt, mich meine Beschwernisse vergessen läßt. Alle Bedürfnisse, die ich jemals gehabt habe, sind befriedigt oder aufgehoben. Hier stehe ich und reduziere die Welt auf ein Stückchen Brot, das ich mit meinen eigenen Händen gemacht habe.
Ich liege im Gras des Nachmittags, sehe in den heiteren, wolkigen Frühlingshimmel über mir und denke an nichts und an alles zugleich. Hinter einem Wäldchen kommt,

ordentlich in Zweierreihen formiert, eine Schulklasse hervor. Die Kinder sind lustig, kaum noch hält sie der strenge Blick der Lehrerin zusammen; gleich brechen sie aus, laufen in die Wiesen hinein. Die Mädchen kreischen, mit aller Koketterie ihres zarten Alters, die Jungen rennen, brüllen um die Wette, schneiden auf, daß die ganze Wichtigkeit gar keinen Platz findet in ihren kleinen Gesichtern. Ja, die Kinder. Ich wünsche mir ihre sanfte Wildheit gegen die taktische Vernunft der Politiker; ihre fröhliche Anarchie gegen alle Herrschaftssysteme. Die Kinder am 26. April, und alles geht seinen gewohnten Gang. Augen sehen zum Himmel – ein leichtes Brennen? –, nackte Gesichter werden dem Wind entgegengehalten, nackte Hände wühlen im Sand des Spielplatzes, und an nackten Beinen leckt das Wasser der Pfützen, das Wasser der Spritzwagen…

Ein paar Stunden normales Leben, bevor die Evakuierungen beginnen. Noch ein paar Stunden ohne Furcht, Krankheit, Elend, bevor das Inferno offiziell ist.

Nachts wachte ich auf. In der tiefen Schwärze der Dunkelheit hing mir mein Traum wie Blei in den Gliedern. Von den Kindern hatte ich geträumt, auf sie wälzt man alles ab, die Zukunft und die Gegenwart, den Lauf der Welt.
Ich stand auf und versuchte mich zurechtzufinden. Eine dichte Wolkendecke hatte sich vor den Mond geschoben. Es nieselte leicht, und ein feiner kalter Wind ging. Ich sah nichts, die Schwärze begann unmittelbar vor meinen Augen. So eine Finsternis unter freiem Himmel hatte ich noch nie erlebt. Ich sah nicht den leisesten Schatten, keinen Anhaltspunkt, an dem ich mich hätte orientieren können. Die Schmerzen waren zurück, schlimmer als vorher, schlimmer, als ich sie jemals für möglich gehalten hatte.
Der Wind pfiff in meinen Ohren, er füllte sie mit der Stille des weiten Landes auf. Es schien, als trüge er mir aus großer Entfernung eine leise Musik heran: die zarte, melancholische Melodie einer einzelnen Geige, die von rhythmischen Akkorden dunkler Streicher begleitet war... Vornübergebeugt tastete ich mich einige Schritte vorwärts, bis ich mit der Schulter gegen

einen Baum stieß. Ich rieb mir die schmerzende Stelle und überlegte. Ich hatte mich nachmittags auf freiem Feld ins Gras gelegt. Ich hatte genau in Erinnerung, daß in weitem Umkreis nur die Wiese gewesen war, auf der ich lag. Nicht einmal ein Gebüsch, bestimmt aber kein Baum, das wußte ich.

Ich fühlte mit den Händen nach unten; ja, die Halme gingen mir bis zu den Knien, das stimmte immer noch. Aber der Baum! Nach der Art der Rinde zu urteilen, mußte es eine dieser Kiefern sein, deren schlanker Stamm sich weit hinaufschwingt und erst in großer Höhe verzweigt. Ich tapste weiter, die Hände gerade nach vorne gestreckt, um einen nochmaligen Zusammenstoß zu vermeiden. Es kamen keine neuen Bäume. Ich dachte über die Möglichkeit nach, durch einen lichten Kiefernhain zu gehen, ohne dabei mit einem Baum zusammenzustoßen. Gut, es war möglich, aber unwahrscheinlich. Andererseits der Wind, der mir den feinen Nieselregen ins Gesicht wehte: In einem Wald wäre ich geschützter gewesen, Wind und Regen sprachen dafür, daß ich mich immer noch auf freiem Feld befand. Ich versuchte, meine Ruhe nicht zu verlieren und die Sache als einen Irrtum abzutun. Ich beschloß, mich wieder hinzusetzen und auf das Tageslicht zu warten.

Ich wachte wieder auf. Ich lag zusammengekrümmt am Boden. Es war kälter geworden, zumindest hatte der Wind zugenommen. Der Regen hatte aufgehört. Die Melodie war immer noch da. Eben übernahm die Klarinette den Lauf einer Flötenmelodie, jetzt ahnte man mehr, als daß man es hören konnte, wie ihr klagender Ton im feinsten Pianissimo das A hauchte. Um einen Halbton verschoben, setzte der schleppende Rhythmus der tiefen Streicher ein, und wieder erklang die kleine Melodie in der höchsten Lage der Violinen, war gleich darauf verblaßt, vom Wind in eine andere Richtung weggetragen.
Am Himmel hatte sich die dichte Bewölkung aufgelöst, der Mond schickte ein fahles Licht herunter, das die Konturen verzerrte und die Perspektive verkürzte. Ich lag auf buschigem, knöchelhohem Gras mit kurzen kräftigen Halmen von dunkler Farbe: Alpenwiesengras, Kuhweide!... Vom Regen (oder bereits vom Tau? – ich konnte es nicht beurteilen) war es naß; die

Feuchtigkeit war mir dort, wo ich gelegen hatte, durch die Kleidung bis auf die Haut gedrungen. Ich setzte mich auf, blickte um mich. Nein, in dieser Gegend der Zone war ich vorher bestimmt nicht gewesen. Ungefähr anderthalb Kilometer von mir entfernt sah ich Wohnblocks, die zu einer größeren Stadt gehören mußten. Ich stand auf, reckte mich, um die Bauchdecke zu strekken und die Krämpfe loszwerden. Die Schmerzen hatten mich von neuem geschwächt. Ich zitterte von der Kälte, die ungehindert durch die nasse Kleidung drang; aber ich ging – nein, ich eilte laufend, stolpernd – auf die Häuser zu. Irgend etwas an diesen dunkel-schattigen Häuserfronten zog mich an, duldete keinen Aufschub.

Dann ging ich durch die Straßen der toten Stadt, der Privilegiertensiedlung Pripjat, deren Anlage ein Musterbild sowjetischer Siedlungskultur gewesen war. Die Kraftwerksangestellten hatten hier gelebt. War es wirklich der Traum eines jeden gewesen, hier eine Wohnung zu haben? Wie kann diese Stadt, in der sich das Reißbrettmuster der Ingenieure bis zu den Quaderplatten

der Bürgersteige nachvollziehen läßt, jemals lebendig gewesen sein? In ihrem Verfall war sie es. Ich liebte sofort die Zeichen der Auflösung. Die Bäume, die in ihre eigene Richtung wachsen konnten, die schiefen und wackelnden Steinplatten der Gehwege, das Gras, das blühende Unkraut, das aus den Ritzen hervorkam. Mir gefielen die blinden oder zerbrochenen Fenster des Ortszentrums und die Stille dieser menschenentleerten Welt. Mit dem Solo der Querflöte am Ende des dritten Satzes.
Ich hatte auf einmal die Kälte überwunden, saß auf den Stufen des Eingangs zum ehemaligen Bürgersaal und wartete auf den Tag. Die Schmerzen waren weg, die Schwäche, der Hunger. Ich saß einfach da, ohne mich zu bewegen, und horchte auf das Echo der Stimmen im Innern des Gebäudes: ... danken wir dem Genossen Parteisekretär für seine unermüdliche Aufopferung im Dienste des sowjetischen Volkes und des neuen Fünfjahresplans. (Applaus.) Gibt es weitere Anträge? Ja, Genosse Vorsitzender, ich möchte eine Resolution zur Abstimmung vorschlagen, in der das imperialistische Vorgehen der USA in Nicaragua scharf verurteilt wird. (Beschluß ein-

stimmig angenommen.) Wir beenden unsere Versammlung mit einem Grußwort an unsere Genossinnen und Genossen in Afghanistan, die an der Seite der ruhmreichen Roten Armee in Kürze die feudalistischen Ausbeuter samt ihren kapitalistischen Steigbügelhaltern besiegt haben werden. Das Wort hat der Genosse…
So oder so ähnlich muß es gewesen sein; jede Woche die gleichen Reden, die gleichen unsinnigen Zitate und einstimmig angenommenen Resolutionen, der unteilbare Wille des Volkes. Ertragen nur für ein kleines bißchen Privilegierung, um vielleicht weniger lange vor den Geschäften Schlange stehen zu müssen, um in den internen Verteilerapparat der Partei aufgenommen zu werden.
Sozialismus ist gleich Sowjetmacht plus Elektrifizierung. Der Gegenbeweis ist Geschichte: dieser Sozialismus hat nicht funktioniert, und die Elektrifizierung ist ihnen in die Luft geflogen. Übrig ist ein toter Landstrich, eine leere Stadt mit verlassenen Trottoirs, ein verwaister Kinderwagen, in den sich ein Vogelpärchen eingenistet hat, und wenige Meter von mir entfernt eine sterbende Katze, aus deren von Geschwü-

ren aufgedunsenem, aufgeplatztem Leib langsam der Eiter läuft. Die Sonne geht auf, ein neuer Tag und Stille. Das atomverseuchte Tier, dessen Vorfahren Katzen gewesen sind, gibt ächzende Laute von sich, durch den klaffenden Riß am Bauch spült der Eiter einen entstellten Fötus; zwei Körper, die sich Kopf und Schwanz teilen, hinten und vorn zusammengewachsen sind. Auch der Kopf ist verwachsen: Glubschaugen, die durch die geschlossenen, aber pergamentdünnen Lider hindurchblicken; die Schnauze zu einem verzerrten Grinsen entstellt, das die ausgewachsenen Zähne sehen läßt; anstatt der Nase ein Loch, durch das jetzt, wenige Sekunden nach der Geburt, die Gehirnmasse heraustropft. Das Wesen macht unbeholfene Gehversuche und kommt auf mich zu, wenige Schritte von mir entfernt bricht es zusammen und zerfließt zu einer qualligen Masse. Ich stehe auf und besehe mir diesen Rest aus der Nähe. Eine Kreuzung zwischen einem Rhesusaffen, einer Katze und den Folgen der Atomphysik, analysiere ich und greife mit den Händen in den Brei, der davon übrig ist. Vorsichtig probiere ich, lecke die Spitze des rechten Zeigefingers

ab. Es schmeckt! Vielleicht etwas zu körnig und eine Idee zuviel Salz, aber sonst in Ordnung. Ich lecke alle Finger ab, schließlich auch die Innen- und Außenseiten der Hände. Ich habe Hunger.
Aber ekelt mich das denn nicht, diese widerliche, eitriggelbe Schleimbrühe auf nüchternen Magen. Aus dem Nichts überfällt mich ein Krampf, ein Würgen schüttelt mich, nimmt mir den Atem. Ich krümme mich, ich kotze mir die Seele aus dem Leibe und jetzt, ein kurzer Moment, ich hole tief Luft und schreie, schreie...

Und wache auf. Liege auf der Frühlingswiese, wo mir die untergehende Sonne ins Gesicht scheint.
Aber die Wirklichkeit bleibt nur wenig hinter dem Traum zurück. Hunger und Schmerzen und Schwäche. Ich versuche aufzustehen, verliere das Gleichgewicht; die Erde kippt, ich suche Halt, greife ins Leere und liege schon wieder im Gras.
Ich bleibe liegen und denke über meine Erlebnisse nach. Was ist wahr, was ge-

träumt. Wahr ist das Brot, der Ofen, meine Pläne für eine Verbesserung von dessen Konstruktion; wahr ist auch das Glücksgefühl, die wärmenden Strahlen der Sonne auf meinem Körper im Augenblick des Einschlafens. Das alles habe ich in zeitlich geregelter Abfolge erlebt, es ist wirklich geschehen. Was aber ist mit den Kindern und der toten Stadt? Ich habe es geträumt, aber ebenso ist es Wirklichkeit. Eine, von der ich weiß, die mir durch Berichte in den Zeitungen, durch Bücher und Fernsehfilme nahegebracht worden ist.

Ich setze mich auf, kämpfe die Schwindelgefühle nieder. Ich muß die erste und diese zweite Realität auseinanderhalten, muß das, was ich weiß, trennen von dem, was ich erlebt habe. Langsam stehe ich auf; diesmal geht es etwas besser. Ich wollte bei Tag in das Dorf zurückkehren, um nach den Nestern der verwilderten Hühner und ihren Eiern zu suchen. Es wird zu schnell dunkel.

Eine neue Melodie summt in meinen Ohren. Sie beginnt in dramatischer Monotonie auf dem viermal gestrichenen hohen C, nachsetzend -C-, energisch -C-, resigniert verharrend -C-. Tiefe Streicher, deren Akkorde sich nicht auflösen. Seite siebenundachtzig.

In dieser Nacht kehre ich nicht in meinen Bau zurück. Unsicher tappe ich über das Feld auf das Buschdickicht zu und weiß schon, daß ich den Weg nicht mehr schaffen werde. Ich frage mich, ob das wieder ein Traumbild oder ob es die Wirklichkeit ist, die mich über Unebenheiten des Bodens stolpern läßt, die mir den Weg lang und zäh macht, daß ich mich niederknien und mit den Nägeln in der Erde festkrallen möchte, damit nicht der Boden unter meinen Füßen weggleitet und meine Anstrengung zunichte macht.

Nein, diesmal ist es die Wirklichkeit, der ich mich unterzuordnen habe. Die Sonne ist untergegangen, die Dämmerung schreitet voran, und es wird kühl. An einigen Stellen hat sich die Wärme des Tages noch gehalten. Mitunter tritt man in einen solchen Bereich, der äußerlich durch nichts zu erkennen ist, nicht durch Bodenform oder Bewuchs. In einer dieser Luftsäulen bleibe

ich stehen und lasse mich auf dem warmen Boden nieder. Ich spüre, wie die Wärme mit sanften Händen meinen Körper berührt, wie sie mich sacht hinunterdrückt und sich an mich schmiegt.
Ich sehe den Himmel. Der Abendstern taucht im Westen auf; der azurne Mantel, der am Tag über der Erde liegt, wird langsam weggezogen, der Himmel wird größer, immer weiter blicke ich in seine Tiefe hinein, in seine Vergangenheit. Alles, was wir sehen, ist längst vorüber; tausend Jahre altes Licht, das mich berührt...

Immer wieder höre ich die Geigen, wie sie eine Melodie bauen, die unvermittelt beginnt, sich mit wenigen Tönen weit hinaufschwingt und gleich wieder vorbei ist. Noch mal und noch mal spiele ich sie mir vor und genieße den Moment, wo sie am schönsten ist, die kleine Sekunde reinen Glücks, das in den Tönen verborgen liegt. Aber ich kann es nicht festhalten; es läßt sich wiederholen, unendlich oft reproduzieren, doch es bleibt auf den Moment beschränkt, ohne jemals länger zu dauern als beim ersten Mal. Ein Stückchen Glück, das mit der Zeit verbunden ist, das mit ihrem Herankommen auf-

lebt und mit ihrem Voranschreiten bald vergangen ist.
Die Zeit –: sie ist das Drehen der Erde, das unaufhörliche Pulsieren des Weltalls, sie ist die Zellteilung und der Rhythmus unseres Herzschlags. Wenn eines von alledem unterbrochen wird, endet die Zeit, für alle oder zumindest für einen. Ja, wir buchen sie aus unseren Vorräten ab, und wie schnell sie vergeht, bestimmen wir, nicht die Uhren an unseren Handgelenken.
Und ich? Mein Zeitvorrat ist fast zu Ende. Daß er nicht vollkommen erschöpft ist, hängt mit der Winzigkeit der Mengen zusammen, die ich nurmehr meinem Konto entnehme. Gestern habe ich zuviel genommen. Ich wollte wieder alles auf einmal, wollte Lösungen erzwingen, die noch auf sich warten lassen. Das rächt sich; und langsam atmend, vor Schwäche zitternd, spare ich ein, was ich vorher zuviel verbraucht habe. Ich verwerfe meine Pläne und Ziele, vergesse die Zukunft. Was bringt es schon ein, dieses Vorausplanen.
Bald bin ich eingeschlafen, friedlich diesmal und traumlos.

Die Nacht verbringe ich zwischen den weitausladenden Zweigen eines Busches. Hineingezwängt, eingeklemmt und verfilzt mit dem dichten Gezweig habe ich einen bequemen Schlafplatz. Der Schlafsack schützt mich vor störenden Ästen, ich hänge im Gestrüpp und bin vor der nächtlichen Kälte des Bodens geschützt. Ich schlafe tief und traumlos, kaum habe ich eine angenehme Stellung gefunden, sacke ich in einen Zustand weg, der tiefer Bewußtlosigkeit gleichkommt. Dann wache ich plötzlich auf, wenn es hell ist, Vögel und Insekten ihr ohrenbetäubendes Gelärm längst wieder aufgenommen haben.
Heute hat gerade erst die Morgendämmerung eingesetzt. Am Saum des nahen Waldes schleichen vier oder fünf Gestalten entlang. Man sucht mich, denke ich im ersten Moment. Ich rühre mich nicht, fast halte ich die Luft an, um meine Anwesenheit auch nicht durch das leiseste Zittern eines Zweiges zu verraten. Doch die Gruppe macht nicht den Eindruck, als wäre sie nach etwas auf der Suche. Langsam und vorsichtig, bei jedem Schritt auf Deckung bedacht, bewegt sie sich voran. Die Männer sind in verschlissenes Armeezeug gekleidet, lange

Mäntel, die sie trotz der milden Witterung geschlossen tragen. Jeder von ihnen ist mit einem Gewehr bewaffnet, zwei tragen Gepäckstücke auf dem Rücken.
Mir wird das krampfhafte Stillhalten schwer. Es dauert eine Ewigkeit, bis die Gruppe sich aus meinem Gesichtsfeld entfernt hat, und noch einmal so lange warte ich, bis ich aus meiner Deckung herauskomme. Vorsichtig packe ich meine Sachen zusammen und entferne mich in die entgegengesetzte Richtung. Ein dumpfer Schlag beendet mein Bewußtsein.
Mühsam komme ich wieder zu mir, schiebe die Augenlider einen Spalt weit auseinander: Ein Stück Welt kreiselt mir entgegen. Sofort breitet sich Übelkeit in meinem Magen aus. Ich schließe die Augen, aber das Gehör funktioniert.
Ein Mann, Herr Leutnant... nein, Herr Leutnant, keine Ausweise oder sonstigen Papiere... bis auf diesen Zwischenfall Patrouille ohne Feindberührung und Verluste abgeschlossen... bitte darum, mich vom Dienst entfernen zu dürfen... jawohl, Herr Leutnant, Heil Hitler...
Die Männer sprechen deutsch miteinander, einen zackigen Armeejargon. Später

beugen sich zwei über mich, reden von germanischem Typ und den Merkmalen arischer Abstammung.
Meine Benommenheit legt sich, als der Tag bereits weit vorangeschritten ist. Die Abenddämmerung beginnt, es wird stiller, und der erste Hauch kühler, feuchter Nachtluft streicht am Boden entlang. Vorsichtig hebe ich den Kopf und sehe mich um. Ich liege in der Mitte eines kleinen Zeltlagers. Uralte, verschlissene Armeezelte, die Planen vielfach geflickt. Zum Schutz vor der Witterung hat man Dächer aus frisch geschnittenen Ästen darübergebaut. Das Lager ist gut getarnt im wildwachsenden Laubwald aufgeschlagen. Einer der Männer, die ich heute morgen beobachtet habe, sitzt ein wenig von mir entfernt am Boden; seine Hände reinigen ein Gewehr, während er meine Kopfbewegungen mit den Augen überwacht.
Mühsam richte ich mich zum Sitzen auf, kämpfe den Schwindel nieder, halte meine Augen unter Kontrolle, die sich ihrer Aufgabe, dem Erfassen dreidimensionaler Ausdehnung durch asymmetrisches, ungleich kreiselndes Entgleisen entziehen wollen. Der Sturz des Bodens nach oben,

des Himmels nach unten, nimmt mir noch eine Sekunde den Atem, dann ist die Kreislaufschwäche fürs erste ausgestanden.
Der Mann, der offenbar als mein Wächter zurückgelassen wurde, kommt auf mich zu, spricht mich an. Ein paar russische Wörter, die er mühsam für mich zusammensucht.
Ich spreche deutsch, antworte ich ihm. Mir wird plötzlich bewußt, daß ich ein Spiel mitzumachen habe, dessen Regeln ich mir schnellstmöglich aneignen muß. Dieser Mann gehört dem Anschein nach zu einer paramilitärischen Einheit einer deutschsprachigen Minderheit in der Ukraine, die sich hier verschanzt hat. Ich bemühe mich um einen militärischen, überlegenen Tonfall, als sei ich ein Vorgesetzter jener Soldaten. Ich stelle mich vor als Oberstleutnant Bruno, unterwegs in ziviler Sondermission. Sofort knallen Stiefelabsätze, reckt sich mir ein linealgerader rechter Arm entgegen; das seltsam knabenhaft gebliebene alte, ausgemergelte Gesicht erglüht vor Eifer, der fast zahnlose Mund brüllt: Heil Hitler!
Mit wem habe ich das Vergnügen?
Obergefreiter Krause zu Ihren Diensten, Herr Oberstleutnant.

Später sitze ich in der Dunkelheit mit der ganzen Abteilung um ein Lagerfeuer. Neben mir ein Leutnant Wallberg, der Anführer der Gruppe. Er ist der Älteste, ein über siebzigjähriger Mann von erstaunlicher Beweglichkeit. Die Ärmlichkeit und Verwahrlosung der Männer, von denen Krause der jüngste ist, ist größer, als ich zuerst gedacht hatte.
Wallberg hält mir ein Buch hin, eine zerfledderte, nachgedunkelte Schwarte aus billigem, grobporigem Papier. «Wilhelm Raabe, Wunnigel», lese ich. Unter dem Titel eine Federzeichnung: Durch ein nach innen geöffnetes Fenster geht der Blick auf eine typische deutsche Stadtansicht: eine gotische Kirche mit schlankem Turm, dahinter Bäume und eine Schloß- oder Burganlage auf einem Berg. Auf der Titelseite steht unter der Überschrift: «Soldatenbücherei, Band 96. Herausgegeben vom Oberkommando der Wehrmacht, Allgemeines Wehrmachtsamt, Abt. Inland». Ich bin überrascht.
Wo haben Sie das her? Das ist ja eine richtige Antiquität!
Wallberg lacht verhalten: Das sagen Sie. Jeder von uns hat dieses Büchlein – unser

einziges – schon mindestens zweimal gelesen. Haben Sie vielleicht den Band 47, den «Hungerpastor»; oder irgend etwas anderes, neues?
Ein merkwürdiger Verdacht geht mir durch den Kopf: Sagen Sie, Leutnant, was machen Sie hier überhaupt? In welcher Mission sind Sie unterwegs.
Rückendeckung, Herr Oberstleutnant. Wir sichern den Abzug einiger Verbände der Heeresgruppe Mitte von Gomel aus in Richtung Westen. Momentan haben wir den Anschluß an die Truppe verloren und warten schon einige Zeit, daß man einen Stoßkeil bildet und uns nachholt. Erlaube mir aber, hinzufügen zu dürfen, daß das gar nicht so einfach ist. Die Pripjatsümpfe sind voll mit Partisanennestern. Haben im Februar einige Male schwere Feindberührung mit hohen Verlusten gehabt. Aber in letzter Zeit hat sich gottlob nichts mehr getan. Der Russe hat sich wieder zurückgezogen und seine Stellungen geräumt...
Ein versprengter Trupp der Wehrmacht, der sich über fünfundvierzig Jahre lang in den ausgedehnten Wäldern und Sümpfen entlang des Pripjat versteckt gehalten hat: verrückt, kaum faßbar selbst in diesem äu-

ßerst dünn besiedelten Gebiet. Alte Männer, die fast noch Kinder waren, als sie in den Krieg zogen, die übersehen haben, wie viele Jahre es wirklich her ist, daß das dumpfe Grollen der Geschütze am Horizont leiser und leiser geworden ist, schließlich ganz verstummte. Deren Leben unbemerkt vorübergezogen und vergangen ist wie der leise Fluß der Jahreszeiten. In ihren Gesichtern hat sich das Alter eingenistet, aber noch blitzt die jugendliche Unruhe, die ahnungslose Begeisterung aus ihren Augen, ihr einziges Kapital, als man sie im Winter 1943/44 an der Ostfront gegen die Übermacht der Roten Armee einsetzte.
Ich besinne mich auf die Rolle, die ich vor den Männern angenommen habe: Können Sie sich ausweisen, Obergefreiter?
Er knöpft die Brusttasche seiner Jacke auf und zieht ein sorgfältig in Ölpapier eingeschlagenes Büchlein heraus: «Deutsches Reich, Wehrpaß» steht auf dem Deckel, dazwischen der Naziadler mit dem Hakenkreuz in den Klauen. Auf der ersten Innenseite, der Seite drei, lese ich bei den «Angaben zur Person»: Jürgen Cramer, geboren am 6. Juni 1923. In einer Einstecklasche liegt das Foto eines jungen Mannes.

Helle, kurzgeschorene Haare, um die Ohren und im Nacken weit nach oben ausrasiert. Auf den Seiten 46 und 47 sind akribisch genau die Einsätze notiert, an denen er seit dem sechsten August 1941 teilgenommen hat: Angriff über Polisst und Porussje, Abwehrschlacht um Staraja Rusza, Kämpfe im Waldaigebiet und so fort...

Ich frage mich, was diese Männer veranlaßt hat, über den Zeitraum eines Lebensalters hinweg an das Fortbestehen des Krieges zu glauben. Haben sie ihr Altern nicht wahrnehmen wollen, oder waren sie in den Qualen des Winterfeldzuges bereits zu Teilen einer Maschine geworden, die auch dann weiterfunktionierte, als man den Überbau demontierte.

Ich gebe Cramer sein Soldbuch zurück: Ich habe Befehle für Sie, wende ich mich an die ganze Gruppe.

Ihre Marschrichtung ist Südsüdost, in Richtung Kiev. Dort vereinigen Sie sich mit anderen operativen Einheiten und leiten den unverzüglichen Rückzug ein. Über die Position unserer Stellungen erhalten Sie später genauere Informationen.

Wieder wird salutiert und «Heil Hitler» gebrüllt. Ich lenke schnell von den militäri-

schen Befehlen ab. Ich bin nicht sicher in soldatischen Umgangsformen und will mich nicht verraten.
Mit Wallberg gerate ich in das nächste gefährliche Gespräch. Er will Einzelheiten über die politische Entwicklung im Deutschen Reich wissen. Ich krame in den Resten meines Schulwissens, überlege, was ich sagen kann und was nicht. Hitler ist tot, Dönitz zu seinem Nachfolger ernannt, sage ich schließlich. Aus anderen Fragen winde ich mich heraus, gebe vor, im Rücken der feindlichen Linien keine Angaben machen zu dürfen, die den Russen nützlich sein könnten. Die Frage, die ich am meisten fürchte, bleibt aus: Wieviel Zeit seit der Trennung der Männer von der Truppe vergangen ist.
Bald darauf kommt das Lager zur Ruhe. Als ich am nächsten Morgen zur gewohnten Zeit aufwache, ist der kleine Trupp längst aufgebrochen. Kaum etwas zeugt mehr von seiner Anwesenheit. Das niedergetrampelte Gras hat sich aufgerichtet, die Laubhütten sind verschwunden, nur vage erkenne ich eine Spur in Richtung Südsüdost. Langsam legt sich ein grauer Schleier über meine Erinnerung.

Etwas Großartiges hat sich ereignet. Es gelang mir unter Aufbietung aller Kräfte, auf einen Baum zu klettern. Seit vielen Tagen suchte ich nach einer solchen Gelegenheit, erst heute habe ich eine alte Weide entdeckt, die für mein Vorhaben geeignet war. Ihr Stamm ist dick, ihre knorrigen Äste berühren an einigen Stellen fast den Boden. Ich kämpfte mich durch das Gestrüpp nach oben. Dort fand ich eine Astgabel, die einen bequemen Sitzplatz abgab.
Den ganzen Nachmittag und einen Teil des Abends verbrachte ich dort oben und blickte den Horizont entlang. In großer Ferne entdeckte ich ein Militärfahrzeug, das einen langen Schweif aufgewirbelten Staubs hinter sich herzog. Zum ersten Mal sah ich so eine Patrouille, und meine Vermutung bestätigte sich, daß auch innerhalb der Zone Kontrollfahrten durchgeführt werden. Ich fürchte sie nicht. In diesem über 2500 Quadratkilometer großen Land wird man mich nicht finden.
Zwischen den Feldern entdeckte ich eines der aufgelassenen Dörfer. Dort leben einige der alten Menschen, die heimlich in das Sperrgebiet zurückgekehrt sind.
In den Bauernkaten, die sie bewohnen,

sind sie vor siebzig oder achtzig Jahren geboren worden. Hier werden sie sterben, egal ob ein paar Jahre früher oder später. Zum Zeitpunkt ihrer Geburt herrschte vielleicht noch der letzte Zar, in den Häusern gab es kein Gas und kein Wasser, geschweige denn Strom. Im Frühjahr und Herbst sank man im Schlamm der aufgeweichten Wege bis zu den Knöcheln ein, im Sommer drang der Staub in Mund und Nase, im Winter verschwand alles unter dem Schnee. Das Jahr war eine Reihe sich abwechselnder Katastrophen.

Die Alten sind in diese ferne Vergangenheit zurückgekehrt und leben wieder wie ihre Eltern: ohne Wasser, ohne Strom, ohne Gas. Wie in alten Zeiten gehen sie in die Wälder zum Holzsammeln und treffen sich am Dorfbrunnen zum Wasserholen. Gleichgültig nehmen sie den Rückschritt hin. Zu den Nutznießern des Fortschritts haben sie ohnehin nie gehört, bestenfalls waren sie keines der Opfer. Heute sind sie es.

Ein merkwürdiger Zwiespalt liegt über dem Leben der Alten. Das Land ist schön und weit und still. Die kraftvollen Farben der Landschaft, die Ruhe ohne die riesigen,

rasselnden Maschinenungetüme der Genossenschaften. Die Alten haben ihren Frieden gefunden; hier, wo sie leben, wird sich in den nächsten Jahrhunderten durch Menschenhand nichts mehr ändern.
Nichts als romantische Träume. Was ich sehe, ist alles andere als eine geruhsame Rückkehr zur guten alten Zeit. Die alten Menschen sind verlassen und hilflos. Sie sind hierher zurückgeflohen, um zu sterben, sie klammern sich an ihre Erde, auf der sie gelebt haben, und die nun zerstört worden ist. Die uralten Grundfesten des Lebens auf der Erde, das Maßhalten, die Bescheidenheit, das Abwägen zwischen dem, was man braucht, und dem, was man haben kann, ist in der letzten Generation in Vergessenheit geraten; ist umgeschlagen in eine unheimliche Maßlosigkeit.
Und dennoch, denke ich mir, ist es ein Idyll, eine totenstille Friedlichkeit, die sich in den Nischen der Katastrophe angesiedelt hat.
Einmal schlich ich mich abends an das Dorf heran. Ich hatte plötzlich das Bedürfnis, in der Nähe von Menschen zu sein. Vorsichtig ging ich an den Gärten entlang: niemand war zu sehen. Die Gemüsebeete waren

dicht bewachsen, Kürbisse, Sonnenblumen und Bohnen gediehen prächtig. Ich wollte schon wieder umkehren, da entdeckte ich von weitem die kleine Gemeinde. Sie saß um einen Tisch, an dessen Kopfende der Pope thronte, ein würdevoller alter Mann, dessen Gesicht fast zur Gänze unter dem mächtigen weißen Bart verschwand. Das Wetter war sonnig und warm, die Gesellschaft hatte sich in dem kleinen Park hinter der Kirche versammelt, meinem Märchengarten, wo alte Pappeln ihre Äste zu einem dichten Blätterdach verknotet hatten. An einigen Stellen bedeckte das vermoderte Herbstlaub des Vorjahres den Boden, an anderen kam das kräftige, unregelmäßig geschnittene Gras zum Vorschein. Ein leichtes, feines Licht lag darüber, leckte an den fleckigen Stämmen der Bäume.
Brot stand auf dem Tisch, die Menschen aßen; kein Wort, kaum ein Blick und wenige, sparsame Bewegungen.
Später sah ich auf dem Kirchhof die frische Grabstelle, einige Blumenstengel darauf. Am Boden daneben ein neues, grobgezimmertes Holzkreuz. Eine Totenfeier also, ein Leichenschmaus der wenigen, die zurückbleiben...

In dieser Nacht schlafe ich unter meinem Aussichtsbaum. Ich habe meinen Schlafsack immer dabei und kehre nur selten in mein Versteck zurück. Mein Leben hat sich eingependelt. Ich esse verwildertes Gemüse aus den Gärten oder finde in einem Keller ein Glas Eingemachtes oder eine Dose Konserven. Ich lebe immer langsamer, vieles geschieht wie in Zeitlupe.

Wozu schreibe ich das alles auf? Aber ich schreibe ja gar nicht. Ich denke, ich träume, lasse verklingen und warte auf einen Nachhall, der sich nicht einstellen will. Also, warum schreibst du es auf? Warum spielst du mir diese Musik vor, die mich melancholisch macht, die nachts Bilder in meine Ohren malt, die mir vom Tag in den Augen stehengeblieben sind.
Was bedeutet es, daß ich beständig das Zischen des Wasserdampfes höre, der durch die geöffneten Ventile dringt; daß ich die Männer sehe, die voller Verzweiflung ihr absturzsicheres Luftschiff zu manövrieren versuchen, das sich mit rasender Geschwindigkeit auf die Erde zubewegt.

Nichts bedeutet es. Je einförmiger meine Tage werden, desto größer wird die Tiefe, in die ich zu mir selber vorstoße. Manchmal liege ich den ganzen Tag im Schatten der Bäume, um der sengenden Hitze zu entgehen, die das Land verbrennt, der Landschaft den Atem nimmt. Oft bin ich zu schwach, um die Suche nach etwas Eßbarem wiederaufzunehmen. Dann liege ich langgestreckt und höre den Geräuschen meines leeren Magens zu, der sich vor Hunger zusammenkrampft. Meine Gedanken werden weniger, immer weniger und einförmiger, kreisen in einer langen Spirale auf einen Punkt zu, den ich noch nicht kenne.

Es ist wie der Zustand kurz vor dem Einschlafen, wenn sich jede Körperfunktion auf ein Minimum reduziert hat. Doch ich schlafe nicht ein. Stundenlang liege ich da, ohne mich zu rühren, wach und aufmerksam auf fremde Geräusche achtend. Meine Nachdenklichkeit ist in eine wunderbare Eindimensionalität zusammengefallen, gibt mir eine Ruhe, wie ich sie früher nie erlebt habe…

Ich bin nicht mehr sicher, ob mir das alles wirklich passiert. Wo schließt meine Geschichte sich an die Wirklichkeit an, wo hat sie sie verlassen. Sitze ich in einem Flugzeug und bin – auf dem Rückweg von einer anstrengenden Tagung – vor Übermüdung eingeschlafen? Höre ich nicht das Summen der Düsentriebwerke, das monotone Gemurmel der anderen Passagiere, das durch den Schlaf in meine Träume dringt?

Bin ich vielleicht auf dem Rückflug von Kiev, oder habe ich auch diese Reise nur geträumt? Habe ich meine Trennung von Vera, mein Verhältnis mit Linda, meine Krankheit – habe ich das alles nur geträumt? Ist C. nur ein böser Traum, der in der Wirklichkeit nie passiert ist. Die Katastrophe, die Kraftwerksruine am Horizont, sind sie Hirngespinste einer verselbständigten Phantasie. Die Fäden beginnen sich unentwirrbar zu verknoten; was in diesem Chaos ist Wirklichkeit, was ist Traum, wie unterscheiden sich Gegenwart und Vergangenheit noch voneinander.

Erzählt mir, wie es war in jener Nacht. Wann merktet ihr, daß neben euch die Welt unterging.

Aber Freund, wir hatten mit der Sache nichts zu tun...
Nichts zu tun! Ihr seid daran gestorben. Sie haben euch krepieren lassen, haben euren Nachkommen ein Schweigen auferlegt, das den Hunderttausenden die Wahrheit vorenthalten sollte, die jetzt mit dem Sterben dran sind; also, wie war es, Klawdija Iwanowa, du warst am Reaktor die ganze Nacht über!
Ja, du hast recht, da ging die Welt unter in jener Nacht. Zwei, drei furchtbare Schläge, Explosionen. Nicht nur so ein Knallen von den Sicherheitsventilen, wenn der Überdruck in den Kühlleitungen des Reaktors abgeblasen wurde – daran hatten wir uns gewöhnt. Nein, eine richtige Detonation, der Boden bebte, die Scheiben klirrten. Das ist das Ende, dachte ich. In diesem Moment wußte ich, daß ich gestorben war; alles, was danach kam, das war kein Leben mehr. Erzähl es ihm, meine Schwester Jekaterina, erzähl ihm vom ehemals blühenden Land, wo das Industriezeitalter der Zukunft bereits begonnen hatte, wo Angler nur wenige Meter von den Energiemaschinen entfernt am Ufer des Flusses saßen. Um die fünf Blöcke herum, die dort einmal stehen

sollten, lag die Idylle, in der die Arbeiterklasse sich am Wochenende Erholung und frische Luft holte, obwohl westliche Meinung von erhöhter Strahlung im Umfeld jedes Kernkraftwerkes sprach. Und in unseren von C. waren's auch vorher schon über 30 000 rem pro Jahr, die ungehindert in die Luft abgingen.
Damals, mein Freund, damals glaubten wir an die Macht des Menschen über die von ihm erfundene Technik. So saßen die Freizeitfischer über ihre Ruten gebeugt und sahen den Löschmannschaften zu, die sich durch das flüssiggeschmolzene Bitumen auf dem Dach des Maschinenhauses kämpften und am Ende der Nacht verbrannt waren von einer Strahlung, deren tödliche Wirkung man ihnen wohlweislich vorenthalten hatte. Wie konnten wir ahnen, daß der Staat, der wir zu sein glaubten, daß dieser Staat die Fehler, die um 1 Uhr, 23 Minuten, 40 Sekunden in der Blockwarte des vierten Blocks gemacht worden waren, als seine Fehler würde anzusehen haben und daher Interesse zeigte, sie gegen das Wohl seiner Menschen zu verheimlichen?
Ja, und die Tage im Krankenhaus Nummer

6 in Moskau. Auf einmal waren wir umstellt von Geräten, die uns von der Gefährlichkeit unserer Krankheit unterrichteten. Dabei waren wir uns kaum bewußt, woher in solcher Schnelligkeit ein solches Leiden über uns hereingebrochen sein konnte. Unsere Stimmung wechselte zwischen Euphorie und Melancholie, während unsere Körper unter unseren Augen wegbröckelten, so daß es nur eine Frage der Zeit sein konnte, wann die medizinischen Geräte nicht mehr ausreichen würden, um das Leben zu simulieren, das uns bereits verlassen hatte. Die Ärzte wußten bestens Bescheid. Nicht zufällig waren wir in dieses Krankenhaus gebracht worden. Wir waren Versuchstiere, nicht die ersten und nicht die letzten. Noch waren wir nichts als namenlose Opfer von vierzig Jahren Atomwirtschaft. Daß unsere Namen bekannt wurden als die ersten in einer nicht absehbaren Reihe, ist ein Zufall, der die Menschen vielleicht zum Nachdenken zwingt.

Auf einmal verstehe ich die zwei nicht mehr. Sie reden in ihrer Sprache weiter, einem Singsang mit vielen gaumigen L, U und J...

Als Kind habe ich lange Zeit Angst vor dem

Sterben gehabt. Dann, als das Erwachsenenleben begonnen hatte, als ich der Zeit hinterherhasten mußte und keine Muße fand, ihr vorauszueilen, da hatte ich das Ende aus den Augen verloren, hatte vergessen, daß alles, was ich jetzt vollbringen zu müssen glaubte, durch den Tod in eine sehr relative Größe verwandelt werden würde.

Mit vielem habe ich mich inzwischen abgefunden. Ich habe gelernt, daß es gut ist, wenn alles einmal zum Ende kommt. Ich weiß jetzt, daß man sich den Tod unter Umständen wünschen kann. Ich habe gelernt, dem Verrinnen der Zeit zuzuhören, zu verharren und Zeit bewußt verstreichen zu lassen. Unter Umständen, in denen anderen Menschen die Zeit zu fehlen beginnt, habe ich gelernt, die Phänomene Zeit und Uhrzeit auseinanderzuhalten. Die Uhrzeit, die das Leben gliedern und einteilen soll, die es überschaubar und registrierbar machen will, ist die schlimmste Plage, die die Menschen sich erfunden haben. Die Zeit dagegen läßt uns Raum und Möglichkeiten; von der Zeit ist das Leben nicht begrenzt, sondern mit ihr ist es ausgestattet zu einer kaum faßbaren Vielfalt.

Diese Nacht ist Frost über das Land hereingebrochen. Es ist schon wieder Winter. Die Kälte saugt das Land aus. Stille, nur das leise Geräusch, wenn der frischgefallene Schnee von den Absätzen meiner Stiefel fällt. In kilometerweiter Ferne höre ich zweimal täglich das Brummen der Zubringerbusse für die Kraftwerksangestellten. Jeden Morgen, jeden Abend werden sie durch den Todesstreifen vor die Tore der maroden Atomanlage gebracht, um dem schlafenden Ungeheuer den kochenden Atem abzuschöpfen, ohne es aufzuwecken. Plünderungen aus der Umgebung von Pripjat sind bekannt geworden. Jeden Tag, bevor sie noch einen Finger gerührt haben, können die Angestellten besichtigen, was die Folge einer unbedachten Entscheidung sein kann...
Buschwerk und Bäume sind an diesem Morgen in ein tausendfältig glitzerndes Rauhreifkorsett eingeschnürt, alles ist auf ein blendendes, leeres Weiß reduziert. Die Kälte ist durch meinen Schlafsack gedrungen, lähmt die Muskeln und versteift die Gelenke. Warum bin ich überhaupt noch einmal aufgewacht. Gestern, der luftige Sommertag, die milde Nacht wären ein an-

gemessener Abschluß gewesen. Aber heute ist Winter.

Die Zeit rennt mir davon, unaufhaltsam. Die Jahreszeiten jagen einander in einer Schnelligkeit, daß man bei ihrem Wechsel nicht mehr mithalten kann. Eben noch kämpfe ich mich halberfroren aus einer Schneeverwehung heraus, da sinke ich bis zu den Knien in ein Schlammloch, das durch das Tauwetter entstanden ist. Ich kann dem Leben nicht mehr folgen.
Einmal wachte ich mitten im Schnee auf und war frierend an eine turmhohe graue Betonwand gepreßt, die ein wenig Wärme abzugeben schien. Mit den Fingernägeln kratzte ich mir eine Öffnung frei und kroch tief in die Mauer hinein, um der Wärmequelle näher zu sein. Tiefer grub ich mich ein und immer tiefer. Ich durchquerte die Wände, als seien sie aus einer Puddingmasse gegossen. Ich legte eiserne Trümmer frei, Reste irgendwelcher Maschinen, die fest mit dem Gestein verbacken waren. Ich räkelte mich in der Wärme, die überall dicht an meinem Körper anlag, denn mitt-

lerweile mußte ich mir nicht mehr mit den Händen einen Weg bahnen; die Masse gab mir immer den Raum frei, den mein Körper benötigte. Sie öffnete sich widerstandslos vor mir, glitt geschmeidig an mir vorüber und schloß sich hinter mir, als sei ich niemals dagewesen. Es wurde wärmer. Die Wärme preßte mir den Frost und die Erstarrung aus den Gliedern, ich wurde geschmeidig, kroch nicht länger auf irgendeinem Untergrund, schritt vielmehr aufrecht und kraftvoll voran, nach eigenem Willen bestimmend, wohin es weitergehen sollte.
Ich besichtige einen Raum, der mit Instrumenten vollgestellt ist, die Zeiger verharren starr bei zwei bis zwei Komma fünf Meter...
An der Autobahn nach Verona steht in der Nähe von Trient eine Fabrik mit einem quergestreiften, rot-weißen Schornstein. Da befällt mich ein ungutes Gefühl wie in jenem Film neulich, wo der Kamin einer Chemiefabrik im selben Rot-Weiß gestrichen war. Das helle Grau seiner Kleidung hat unter der Staubbildung gelitten. Walerij Chodemtschuks Gesicht aber ist freundlich geblieben, ionisierende Strahlung konserviert lebloses Gewebe für Jahrtausende.

Auch das Lächeln. Die sengende Hitze hat ihm über die Jahre nicht geschadet, und immer noch könnte das Wasser mit sechzig Grad Wärme aus den Leitungen schießen, wäre nicht der Fluß unterbrochen.
Das ist zuwenig, um gegen den primitiven Wirkungsgrad (Eta) einer von Menschen erdachten Turbine anzuarbeiten. Genug, um die Körperoberfläche eines Menschen zu verbrühen. Walerij! Lauf nicht weg, laß mich nicht allein in der Finsternis deines Sarkophags! Denk an die Zeit: In zehntausend Jahren werden sie die äußere Hülle aufbrechen und durch die erhaltenen Gänge laufen, wo Ratten und Schaben – auf geheimen Wegen eingedrungen – längst wieder Zuflucht gefunden haben. Sie werden deinen vollständig erhaltenen Leichnam aus den Trümmern graben und sich verwundern über die Einbalsamierungskünste, derer man sich in jener Dynastie um das zweite Jahrtausend christlicher Zeitrechnung zu bedienen wußte. Du wirst zu einem späten Nachfahren der Pharaonen erklärt werden, aber man wird sich die merkwürdigen Grabbeigaben nicht erklären können, die du um dich herum versammelt hast. Instrumente und Armaturen aus

den profansten Materialien, ein Turm aus verbogenen Rohren und unbrauchbaren Maschinen, die ihre Funktion eingestellt haben, seit in ihrer innersten Mitte eine Uhr stehengeblieben ist: zwei bis zwei Komma fünf Meter...

Dabei war alles so perfekt geplant. Doch obwohl der Operator Aleksandr Akimow die elektromagnetische Aufhängung der Steuerstäbe ausschaltete, stieg der Höhenstandsanzeiger nicht auf die vorgesehenen sieben Meter, blieb statt dessen bei einem Wert hängen, der physikalisch zu übersetzen ist in null Komma fünf Beta. Hörst du Walerij Iwanowitsch durch die Gänge keuchen: Auf dem Balkon der Höhenkote fünfzig stehend, hat er unten die Würfel auf den technologischen Kanälen tanzen sehen; einer von denen wiegt doch immerhin 350 Kilogramm, und Walerij Iwanowitsch rennt über Treppen und durch lange Gänge, um den Operatoren in der Zentrale von dieser unwahrscheinlichen Beobachtung zu berichten, die falsch sein muß, weil sie sonst das Ende bedeutet.

Siehst du es, hörst du es, das rhythmische Klappern, Klopfen und Schütteln; dämonischer Tanz des entfesselten Fortschritts,

Hexenkessel, der gleich zerbirst, der Gamma, Beta, Klump und Zeug in die Luft haut. Die hier den Kurs an der Katastrophe vorbeilenken wollen, nicht vierhundert Jahre ist ihr Zeitalter der empirischen Wissenschaft alt, als es sich umkehrt. Das Experiment führt sich selbst zu Ende, und wir zerbrechen an seinen Folgen. Die Fähigkeit, sich willentlich selbst zu zerstören: Das ist der Höhepunkt der mißratenen Evolution des Menschengeschlechts.
Du, Walerij, bist begraben unter Schutt, bei der Explosion erschlagen von herabstürzendem Beton; dich in der Opferstatistik mitzuzählen, sind sie bereit: ein tragischer Unglücksfall, wie er überall auf der Welt vorkommt. Wer aber einen Patienten der Leukämie, der unter Qualen an seiner Krankheit zugrunde geht, in die Liste der Toten von C. einschreibt, der muß sich sagen lassen, er wolle die Menschheit von den Segnungen der Gegenwart in die Zustände vorindustrieller Fron zurücktreiben.
Die graphitgrauen Absorberstäbe, Bleistifte, von denen das Holz abblättert, deren Spitzen sich umbiegen zu Nadeln, die sich im Menschenfleisch festkrallen, nicht mehr in die dafür vorgesehenen Schächte hinein-

rutschen können, die Kernspaltung nicht mehr bremsen, der Protonenfluß auf ein Vielfaches maximiert, mit n potenziert, schnellt in die Höhe um ein halbes Beta…

das die Brennstäbe umspülende Wasser, das zischend verdampft – die irrsinnige Hitze – Wasserdampf, der nicht entweichen kann – furchtbare Energie unregulierbar in die Höhe sich schaukelnder Kettenreaktion – rotglühende Kernbrennstäbe, die den Gesetzen der Chemie gehorchend Wasserdampf aufspalten, daß Wasserstoff übrigbleibt – krachend bersten Überdruckventile im ungesicherten Gebäude –, der steigt als leichterer Teil unter die Decke der 350 Tonnen schweren Deckelplatte des Reaktorblocks, eine unsichtbare Blase gewaltiger Explosionskraft, die wächst sich aus bis, das Mengenverhältnis den kritischen Punkt erreicht…

Was erzähle ich dir das. Du weißt es doch selbst. Du hast mir ja über die Schulter gesehen, als ich die Berichte las. Damals – 1978 –, als jedes Kind, wenn es nur wollte, in der Zeitung sich informieren konnte über das kritische Verhältnis der Wasserstoffblase zum Gesamtvolumen des Reaktorkerns in

einem amerikanischen Kraftwerk; die hatten sich vorher Gedanken gemacht über die Fehler, die ihnen unterlaufen könnten. Hier waren Fehler nicht mit eingeplant: Perfektion war das Maß aller Dinge. Vor den eigenen Technikern haben sie die Zwischenfälle in ihren Kraftwerks- und Versuchsanlagen verheimlicht. Tscheljabinsk 1957; Melekess 1966; immer wieder Belojarsk, zwischen 1964 und 1979; Leningrad 1974 und 1975; Tschernobyl 1982; Balakowo 1985. Niemand besaß Erfahrung mit der Havarie, als es darauf angekommen wäre. C. war die größte, nicht die letzte Katastrophe.
Diesmal waren es nicht nur ein paar Angestellte, die ihr Leben opferten, diesmal entstand Elend, das erst über die Jahre hinweg seine Tragweite zu erkennen gab und damit interpretierbar wurde als mit seinem Herkunftsort nicht in Verbindung stehend.
Kannst du das verstehen? Ich nicht.

Irgendwelche Zustände nisten in meinem Kopf. Bin ich wirklich in den Wäldern um

C.? Schattenhaft die Ebenen, die in der Dunkelheit nur schwer voneinander zu trennen sind. Ich taste die inneren Bezirke meines Bewußtseins ab; ich suche nach früheren Positionen unter Stapeln von alten Bildern, die ich hier abgelegt habe. Liege ich zuletzt in einem abgedunkelten Krankenzimmer und male mir vor dem Ende die Dinge noch einmal aus, bereise abgelegene Gebiete und spinne mit den Fäden meiner Reisen ein unsichtbares Netz um den Globus; ein Koordinatensystem, das einzig meinen Gesetzen unterworfen ist?
Vermummte Gestalten bewegen sich auf mich zu; in lackweißen Astronautenanzügen mit plumpen Elefantenschritten. Sie kommen mich holen. Ach, es ist egal, was sie mit mir machen werden, sie können mir nichts mehr tun. Es ist so kalt und einsam auf der Erde.